Joyce Carol Oates

LE TRIOMPHE DU SINGE-ARAIGNÉE

ROMAN

Traduit de l'anglais (États-Unis)
par Claro

Les Allusifs

Cet ouvrage a été traduit avec le concours
du Centre national du livre.

TEXTE INTÉGRAL

TITRE ORIGINAL
The Triumph of the Spider Monkey

ISBN 978-2-7578-1902-9
(ISBN 978-2-922868-96-8, 1re publication)

Née en 1938 à l'ouest du lac Érié, Joyce Carol Oates a publié son premier roman en 1963. Son père travaillant pour la General Motors, c'est à Detroit qu'elle découvre la violence des conflits sociaux et raciaux. Devenue professeur de littérature à l'université de Princeton, elle poursuit la plus prolifique des carrières littéraires (romans, essais, pièces de théâtre, nouvelles, poésie). Elle a reçu le prix Femina étranger 2005 pour *Les Chutes*.

Pour ceux qui sont Dehors

lentement nous envahissons la terre
singes-araignées jacassant escaladant bondissant
regard lubrique sur des banjos cassés

le Jukebox des années 40 incapable de nous enfermer
dans l'hébétude, le bras du mécanisme arrêté
paralysé

quand les Singes-Araignées de l'intérieur
ouvriront les portes-âmes à nous autres singes-
araignées écorchés vifs
la magie de Mon Passage sur Terre
ne fera qu'un gros titre de plus

1

NATIVITÉ

Du bruit, des vibrations, une foule, les murmures de ces putains de badauds — un de ces salauds, râlant et suant dans son uniforme, tend la main, m'arrache à l'obscurité et m'expose à la lumière —

— aux lumières, plutôt —

Me brandit devant ces lumières. *Un bébé! Un bébé encore vivant!*

Heure : 18 h 05. Date : 14 février 1944.

Mis au monde par le Maître des Clés autorisé par son créateur à ouvrir tous les casiers, toutes les consignes à louer pour 25 cents pendant 24 h — mis au monde par un salopard en uniforme, indigné et stupéfié, devant une foule d'abord surprise puis furieuse et enfin déçue. (*Il est encore vivant... un bébé, ouais, enfermé là-dedans... mais il respire encore... Ouais. Cassons-nous.*) Brandi en pleine lumière et déclaré *Encore vivant* dans le terminus d'autobus de Canal Street, New York City, État de New York, un endroit qui en vaut bien un autre. Il était 17 h 55 au moment de l'incident. On a fait venir le Maître des Clés, qui a extirpé de son sac de couchage l'ingrat et braillard petit —

«Bobbie Gotteson» entend prononcer le nom «Bobbie Gotteson» suivi d'une longue enfilade de mots qu'il

essaie d'interrompre, il se lève malgré ses jambes toutes faibles, interrompt le chapelet de mots pour s'écrier : « Moi Bobbie Gotteson sain de corps et d'esprit exige par la présente — insiste — veux — » tandis que le Juge le regarde fixement, que les personnes présentes se déchaînent et que les huissiers et la police convergent — le Taré retombe alors sur sa chaise — l'Avocat est sommé par quelqu'un de très en colère d'ordonner à son client « Bobbie Gotteson » d'éviter pareils éclats nous sommes dans un tribunal il passe en jugement et risque la mort si ça ne fait pas de lui un adulte mature, calme et responsable alors qu'est-ce qu'il faut ?*

— l'ingrat et braillard petit Bobbie Gotteson au visage rougeaud de macaque et à la couche trempée, brandi devant les badauds hors de la consigne 79-C, déjà en bisbille avec la justice. Saloperie de grande gueule. Toujours à l'ouvrir même en plein procès et risquant la mort, comme il a pas cessé de l'ouvrir dès qu'il a été âgé d'une semaine. Une grande gueule qu'aime bien blaguer. Qui blague trop. Et à qui ça attire des ennuis, comme va le montrer le procureur, et dans le détail, le salaud. Les archives le montreront, elles ne se trompent jamais. Les archives n'étaient jamais très loin et ne se trompaient jamais, déclenchant l'ire des contribuables... *Quoi... il est encore vivant ?... Vivant ?* Bobbie Gotteson est déjà là, présent dans les mots dactylographiés des archives, et il ne saurait être effacé ou escamoté par les plus compréhensifs Amis du Tribunal ou les manifestants

* Une des idées fixes de Gotteson était qu'il allait périr dans la chambre à gaz, alors qu'on lui avait dit à plusieurs reprises que la peine capitale avait été abolie en Californie. Toutes les remarques dans cet étrange document sont le fait du Taré, même celles qu'il attribue au « tribunal » et à d'autres personnes.

(essentiellement des gamins, encore plus maigrichons et moches et tarés que moi) qui manifestent devant ce Tribunal pour la libération du Taré. Tant qu'à l'ouvrir il ferait mieux d'avouer. Et de se balancer lui-même.

Quand les cris cessèrent et qu'on eut changé les couches, les blagues fusèrent, mais les blagues lui avaient toujours attiré des ennuis. On pourrait en douter, mais ce fut le cas. Des ennuis, et ce, de plus en plus, un total de dix-sept années quatre mois et quatorze jours passés à l'ombre, mais avec un sens de l'humour naturel enjoué et brillant et un optimisme de principe qui diminuait ou était brisé brutalement de temps à autre, mais refaisait toujours surface. La jubilation à l'état pur est l'énergie du Taré, elle ne cesse de bouillonner, le meilleur exemple en fut donné lors de Variety Night ou des soirées du Talent Show, et par la suite Dehors (où l'on vit sans savoir que c'est le Dehors du Dedans des autres, mais nous reviendrons là-dessus plus tard — plus tard !), mais de la plus agréable des façons quand ses codétenus se pliaient de rire au point de devoir parfois le supplier d'arrêter, *Seigneur, Bobbie, seigneur, le jeune, arrête, tu nous tues — !* Qu'est-ce qu'ils préféraient ? Les avis sont partagés équitablement entre le numéro du singe-araignée-escaladant-un-poteau et la pantomime la-traversée-convulsive-de-l'autoroute. Les détenus faisaient preuve d'un enthousiasme surprenant et d'un intérêt spontané au cours de ces soirées amateurs — même les criminels les plus endurcis, même ceux dont le cœur était de pierre ou cruel y allaient d'une larme, ou riaient jusqu'à ce que les larmes roulent le long de leurs joues burinées… ce qui suffit à vous prouver que… eh bien c'est clair, non ?… Mais vous savez quoi, ça n'a rien de surprenant, c'est la nature humaine, après ça la première bouffée d'excitation et d'enthousiasme pour Variety Night ou le Talent Show s'estompait toujours, et le plus dur, le plus coton, devait être accompli par un petit noyau de prisonniers… on ne peut pas aller contre la nature humaine, Dedans ou Dehors. Pas facile d'organiser des répétitions et des décors dignes de ce nom, de repousser les gens et de trouver un coin isolé quelque part afin de répéter vos chansons, vos numéros de danse et vos mimes, ce qui fait que quand le *Et maintenant — le petit Bobbie Gotteson !* vous fait sortir des coulisses et vous propulse sur scène, vous voilà tout hagard et fatigué, et vous devez tirer sur vos chaussettes grises en laine et coton, pour ainsi dire, si vous voulez paraître heureux. Mais j'avais un talent naturel pour le showbiz, pour plaire aux foules. C'est toujours moi que les types en uniforme applaudissaient et encourageaient à s'exprimer, pour provoquer chez les autres des rires paroxystiques, voire leur tirer une larme isolée.

Votre Honneur, Mesdames et Messieurs du Jury, mon client a retrouvé son calme, alors les gens peuvent arrêter de ricaner, de bayer, de se donner des coups de coude et de glousser dans les coins… et l'autre enculé sur le banc peut arrêter de sourire bêtement et de cligner de l'œil pour attirer le regard humide et marron de Bobbie… et les archives établissent assez clairement que le Taré a été extirpé du casier 79-C de la salle d'attente du terminus d'autobus de Canal Street, New York City, un endroit qui en vaut bien un autre alors pourquoi ricanez-vous ? — l'Intérieur sombre, sombre et odorant de la consigne et le sac de couchage imbibé d'urine convenaient très bien à notre Bobbie, comme à quiconque vit de l'autre côté de la santé mentale.

2

LE TARÉ EXPLIQUE SA SANTÉ MENTALE

Je peux feindre la raison, comme vous. Comme tout le monde. Il m'est arrivé de faire preuve de démence, mais maintenant je suis on ne peut plus raisonnable. Mon esprit est un filet, avec des trous dedans qui peuvent être tout petits ou très grands ; pour filtrer les choses ou les retenir.

Par deux fois j'ai sauvé ma vie en feignant la folie. La première fois, dans une prison à Reno avant de venir ici, je me suis réveillé et un enfoiré à la barbe hirsute me fixait droit dans les yeux. Ses lèvres remuaient. Il semblait voir à l'intérieur de moi, ses yeux me sondaient carrément, et il s'est mis à parler de sa *petite fille* en grommelant. Il m'a agrippé et a essayé de me serrer contre lui. Il a dit que j'avais une bouche de petite fille, qu'il s'agissait de *sa* petite fille, une panique terrible s'est répandue partout en moi et j'ai commencé à le frapper au visage pour qu'il me lâche, mais il a refusé de me lâcher, il gueulait maintenant, et je lui ai filé un coup de boule en pleine tronche, dans un accès de colère, pour qu'il me lâche. *Ma petite fille ! Ma fifille !* Ta fifille non et puis quoi encore, s'est écrié Gotteson, fou furieux, Gotteson avec ses muscles et son torse poilu et sa voix de basse profonde, mais quand il est tombé en s'agrippant à mes jambes j'ai vu qu'il était sacrément amoché, les ennuis n'allaient pas tarder, déjà les hommes du shérif se dirigeaient vers nous, alors je me suis mis en état de démence. Ça m'a épargné une raclée. On m'a transféré dans l'aile psychiatrique d'un hôpital qui était très moderne, et au bout d'un temps ils ont retiré les chefs d'accusation contre moi, je sais plus lesquels, peut-être errance ou vagabondage. J'ai toujours été un comédien doué. Dans un autre lieu où ils vous filent des jetons si vous vous comportez bien, au lieu de vous tabasser, je me suis débrouillé comme un chef et du coup je me suis retrouvé avec les poches lestées de jetons.

Une autre fois où je m'en suis sorti en jouant la folie, par ici. Un contact est passé me prendre, dans une Ferrari bleue, et il m'a dit de ne pas prendre ma guitare parce qu'on n'en aurait pas besoin ce soir-là. Je lui ai demandé ce qui n'allait pas. J'ai demandé si le client avait changé d'avis, si la fête était annulée, et il a dit ben non, le client n'a pas changé d'avis, mais les instructions étaient différentes de ce qu'on m'avait dit. Il m'a dit de mettre un bandeau sur les yeux, qui se trouvait dans la boîte à gants. Alors j'ai mis le bandeau. Mais j'ai pris ma guitare avec moi parce qu'il n'y avait pas d'endroit sûr où la laisser, puis nous avons roulé quelque part dans les Collines, y avait pas de doute là-dessus, alors je me suis détendu et j'ai pensé, bon d'accord, on va se détendre et éviter de sortir des blagues nerveuses au type qui conduit, on reste calme, on se détend. Puis on s'est arrêtés quelque part en pleine campagne. Il a dit : Très bien, ôte le bandeau, il est déjà dix heures passées et on nous attendait à dix heures, alors on est sortis et il a ouvert le coffre de la voiture et en a sorti deux courroies en cuir à franges et un brassard en cuir avec un truc attaché dessus. Je lui ai demandé à quoi ça rimait, bordel, mais il m'a juste dit de le mettre, alors je l'ai attaché sur mon avant-bras et soudain une voiture est apparue après le virage, et à la lumière des phares j'ai vu que c'était un oiseau sur le brassard, il était si étrange avec ses yeux en verre et son bec recourbé et pointu que je suis resté à le fixer pendant que la voiture passait, mais mon ami m'a crié de me secouer sinon on allait tous les deux avoir des ennuis. Il avait mis un casque avec une frange en plumes, qui courait sur toute la longueur du casque mais était plus longue sur les côtés et derrière, et il m'a dit d'avancer dans les broussailles et s'est mis à m'expliquer la teneur de notre mission. On allait nous demander d'arrêter, qu'il m'a dit, mais nous on ne devait même pas marquer de pause — on devait crier *Pas de quartier ! Pas de quartier !* — et continuer à tabasser le client. J'ai commencé à me concentrer sur les pouvoirs dans ma tête. Le temps qu'on défonce une porte de la terrasse et entre dans le salon surbaissé où un homme regardait la télévision, j'étais tout feu tout flammes et seules des balles auraient pu m'arrêter. Le faucon empaillé frissonnait sur mon bras. Le client, en voyant mon visage, s'est mis à hurler. Mais il était impossible de m'arrêter et *pas de quartier.*

Pris de frénésie j'ai lacéré le visage exposé du client sans entendre ce que les gens criaient. Une sorte d'obscurité s'est abattue sur moi. Il m'a semblé glisser à travers le sol, comme si l'épaisse moquette en laine blanche de cette luxueuse demeure disparaissait et qu'il y avait des lattes grossières avec des fissures entre et des lattes qui manquaient par endroits, à travers lesquelles je tombais dans mon excitation. De tous côtés je dansais et plongeais. J'étais rapide, roublard. J'étais galvanisé d'énergie comme si l'énergie me traversait par spasmes... Ensuite on m'a traîné quelque part, puis quelqu'un m'a crié que c'était une erreur, on avait fait intrusion dans la mauvaise maison, et je devais arrêter ce que je faisais. M'arrêter ! Gotteson n'a jamais besoin de s'arrêter, ai-je dit. Pourquoi Gotteson s'arrêterait-il une fois qu'il a commencé ? Tout n'est qu'inertie, une énorme montagne qui se soulève lentement mais se montre avide de continuer, irrésistible en fait. Gotteson ne faisait *pas de quartier*.

Et j'ai donc feint la folie, pour m'épargner le désastre. J'étais pourtant toujours sain d'esprit. Je suis comme vous : une progression d'états mentaux, de formes de santé mentale qui continuent d'évoluer et d'échapper aux définitions. J'étais toujours sain d'esprit et je m'étais si bien exercé à la folie qu'en tombant à travers le plancher je suis tombé sur un moi ancien plus avisé, qui semblait savoir comment sortir de là et n'avait pas besoin que mon ami lui crie dessus. Dehors, sur la terrasse, j'ai été submergé par un éclair de certitude, une vision projetée en avant de ce que je devais faire — ce que j'avais déjà fait, dans le futur, et qu'il me suffisait de me rappeler dans le détail —, alors j'ai entortillé la lanière de cuir autour du cou de mon ami afin de l'étrangler et de le plonger dans le coma, pas dans la mort absolue, pour pouvoir m'échapper. Tout ça a été fait de façon calculée, même si ça n'a pris que deux ou trois minutes — hâte, frénésie et vacarme —, et j'ai dévalé les collines dans les sous-bois pour me mettre en sécurité.

Un Taré est immortel. Il ne peut être tué que par ses propres manipulations.

Le Singe-Araignée la courtise

elle est là qui l'attend
seule dans un trou
qui est une chambre
dans une maison criblée
de trous

à mains nues il escalade
pied à pied la paroi de sa maison
le maître de la gravité
aussi concentré qu'un jeune marié

la Lune et la Machette
se parlent par clignements

Le tribunal est agité. Le troisième juré en partant de la gauche, sur le banc du fond, fixe le Taré d'un regard aussi étincelant que celui du Taré. Il y a quelque chose dans la Machette qui nous excite tous.

3

LA MACHETTE

Elle a découpé plus de gens que n'en contiennent les dossiers, ça vous va comme accroche ? Vous pensez que les dossiers de l'État montrent tout ? — chaque lacération ? Il y avait plus de jeunes mariées que je ne m'en souviens. La Machette était, est, longue de soixante-quinze centimètres, et venait d'un magasin des surplus de l'armée, ici en ville, une lame en acier, un manche solide de taille humaine, rien à voir avec la chose que l'Accusation a sous son contrôle. Cette lame-là est émoussée. Si elle porte des taches, ces taches sont de la rouille et non du sang. On ne peut pas produire les pouvoirs du Singe-Araignée devant le tribunal ; on ne peut même pas voir la Machette sauf au clair de lune.

Doreen B. attendait tel un espace tendre d'être passée par la lame, un peu comme un chas attend le fil. Je n'ai appris son nom que le lendemain, quand les journaux l'ont publié.

4

ŒUVRES DE JEUNESSE DE GOTTESON

Poèmes écrits à l'âge de quinze ans, à propos desquels son professeur d'anglais au lycée professionnel de Newark, au New Jersey, a dit : « Ce sont là les produits d'un esprit malade, Bobbie. »

Le Train

un train électrique de la taille d'un vrai train
attendait dans le noir dans un champ
la température des deux côtés de la vitre était de 0°
mais les passagers poussaient quand même des cris
pour sortir
ils martelaient les carreaux
alors je suis sorti avec une hache de pompier
pour briser les vitres et les libérer
mais la hache m'a échappé des mains et s'est
envolée dans la nuit
et quand elle m'est revenue elle était pleine de sang
et il y avait des cheveux dessus

cela m'a appris la patience
et à attendre dans le noir

Le Cocon

je dormais dans le cocon
étiré au point d'occuper la taille exact du cocon
un mètre soixante et onze
je dormais là parfaitement heureux
quand l'alarme sonna
mes frères adoptifs sont accourus dans la chambre
mon père adoptif m'a empoigné par les chevilles
je lui ai crié de ne pas me tirer ainsi en arrière
mais il a ri et dit : « C'est l'heure de se lever ! »
ils ont tous ri et m'ont traîné à reculons
hors du cocon

et quand vous êtes ainsi tiré en arrière
l'intérieur du cocon se change en rasoirs
même vos yeux s'enfoncent dans votre crâne
et quand votre tête est dégagée
votre cerveau suffoque
mais vous vous habillez quand même
et vous allez quand même à l'école
en espérant que personne ne remarquera

Le Blues de la chaîne alimentaire

quand vous êtes à l'intérieur du paquet
vous ne pouvez pas lire la mention dessus
ni la Date de Péremption magique
après laquelle vous deviendrez
non hygiénique.

5

INTERVIEW IMPROVISÉE

Avec un pédopsychiatre, quelque part à Newark

LE THÉRAPEUTE

… ta mère a déposé une plainte, elle dit qu'elle a dû appeler la police à cause de toi, Bobbie. Quelle honte ! Quelle est ton explication, cette fois-ci ? Pourquoi rends-tu les choses si difficiles à toi-même, à ta famille et à ce cabinet ?

BOBBIE

… pas ma famille. Ils ne sont pas ma famille.

LE THÉRAPEUTE

Ton père ne va pas bien, est-il dit ici. Des problèmes aux reins, hein ? Ta mère a déposé une plainte officielle expliquant qu'elle est *au bout du rouleau*, ses paroles exactes ; elle ne peut s'occuper de toi et de ses propres enfants — elle dit que vous êtes tous les trois incontrôlables —

BOBBIE

Ils ont promis de ne pas s'en prendre à moi. Ils me l'ont dit. Je leur ai dit que je pouvais me protéger… j'ai dit que je les emmènerais tous les deux avec moi. J'en étais capable. — Ce n'était pas mon père ; c'était mon père adoptif. Ce ne sont pas les reins qui l'ont tué. Quelqu'un l'a écrasé en reculant dans une —

LE THÉRAPEUTE

… examiner ton dossier est très révélateur. Très révélateur !… Résultat médiocre sur l'échelle verbale de Wechsler quand tu avais six ans… QI quelque part entre 48 et 78… Test d'abstraction-perception de Hardison-Radt très, très faible… Développement lacunaire des facultés conceptuelles… plus coordination motrice décousue et maniérismes langagiers… C'est quoi, ce reniflement ? Tu renifles ?

BOBBIE

Non. Pas moi.

LE THÉRAPEUTE

Il est évident que tu as besoin d'amour, ça saute aux yeux comme ce drôle de nez épaté au milieu de ton visage, eh eh, mais qui en a vraiment envie… la question cruciale de notre époque. Hein ? La dernière fois que je suis tombé dans le panneau du reniflement, mon garçon, et que j'ai tendu la main — une adorable petite créature avec des taches de rousseur dignes d'un dessin animé et deux grands yeux marron et mouillés —, ce petit salopard m'a mordu le doigt jusqu'à l'os, il a entamé la jointure et avalé la phalange, avec l'ongle et tout. Tiens, regarde. Comme j'ai hurlé ! Quelle souffrance ! — et pour quoi ? Tu sais ce qu'ils ont fait ? Ils ont proposé de lui extraire mon bout de doigt au moyen d'un lavement et de me le greffer, mais non merci ! Je n'en voulais même plus après cette expérience dégoûtante… comment rester un professionnel intègre, un jeune homme complexe et multidimensionnel avec de grands idéaux, constamment confronté à de piètres stéréotypes unidimensionnels dans ton genre… Je veux de la subtilité, est-ce trop demander ?… Ton père est mort, tu dis ? Tu as dit qu'il était mort ?

BOBBIE

Ce n'était pas mon père.

LE THÉRAPEUTE

Au fait, Bobbie, la justice exige que tu sois placé à tous moments dans un foyer avec deux parents en vie — avec à la fois une mère et un père. Je crains donc que nous soyons contraints de te transférer.

BOBBIE

Je suis prêt à partir.

LE THÉRAPEUTE

Ça ne prendra que quelques semaines pour établir les documents, et dans l'intervalle je peux demander à une des secrétaires de taper ces formulaires… Pourquoi tu te tortilles ainsi ? Tu ne te sens pas bien ?

BOBBIE

Je suis prêt à partir. Où vous et les vôtres m'enverrez. Je peux repartir de n'importe où. Je suis prêt. Je suis tout le temps prêt — nuit et jour. Je ne dors pas. Je reste éveillé pour être prêt.

LE THÉRAPEUTE

C'est fascinant, Bobbie. Et tu n'as que — quel âge déjà ? — ce dossier dit que tu as quatorze ans, mais tu me parais plus vieux. Tu me parais beaucoup plus vieux. Tu as quatorze ans et tu es laid comme un singe, le plus poilu que j'aie vu depuis longtemps,

Bobbie. C'est lamentable, en fait. Je pense que ce qu'on va faire c'est prendre quelques raccourcis, appeler le tribunal pour jeunes délinquants et fixer une date, et comme ça ta mère pourra se débarrasser de toi sans trop de paperasserie. Et hop tu retournes en taule ! Tu retournes te faire entretenir par les contribuables ! Oui, c'est la même vieille histoire. Ta mère originale t'a largué, et l'État t'a pris à sa charge. Il t'a nourri, a changé tes couches, t'a donné une éducation, t'a placé dans d'excellents foyers d'adoption, mais toi tu es incapable d'apprécier tout ça, n'est-ce pas ? — avec ton petit visage laid et simiesque, qui m'a tout l'air d'avoir besoin d'être rasé. C'est un début de barbe... ? C'est obscène, vraiment, d'être assis genoux contre genoux avec une créature comme toi. Tu n'es pas humain. Tu n'apprécies pas ce que les gens font pour toi. D'énormes impôts vont dans l'éducation publique, mais les gosses comme toi courent les rues, des analphabètes ; tu es tout juste capable de lire les noms des rues et de distinguer une marque d'automobile d'une autre en comptant le nombre de lettres...

BOBBIE

Je suis prêt à partir... Je peux aller d'un endroit à un autre... Je peux m'y rendre à pied... J'ai vaincu la force de gravité... Je peux aller n'importe où.

LE THÉRAPEUTE

Euh, oui. Il est évident pour nous que tu vas grandir comme une personne vivant en institution, et il suffit de te regarder pour savoir que tu seras impliqué dans un meurtre d'ici quelques années — rien qu'en regardant les muscles de tes épaules et de tes bras on devine que c'est *toi* qui étrangleras quelqu'un, même si ce sera peut-être l'inverse si tu contraries ton chéri et qu'il s'énerve contre toi. Mais je peux me tromper : tu peux peut-être grandir Dehors. Auquel cas je suis sûr que c'est toi qui commettras le meurtre. Mais tu n'en tireras pas un fifrelin. Les royalties iront à de parfaits inconnus. Le rôle principal dans le film ira — bien sûr — à quelqu'un de plus beau que toi, et bien sûr de plus grand. Tu es tout simplement trop petit pour qu'on te prenne au sérieux. Non, tu n'en tireras pas un fifrelin, tu seras célèbre mais de nouveau à l'ombre, à manger à vie dans la main des contribuables. C'est comme ça que ça se passe pour les petits salopards simiesques dans ton genre, tu perds, c'est tout. Pas vrai ? C'est un jeu où on perd. On ne peut pas gagner… Mais ça ne sert à rien de pleurnicher, ou de faire ce que tu es en train de faire. Ce bruit sifflant ne changera pas la constitution de l'univers, Bobbie. Oublie. Je vais te remettre dans le foyer pour jeunes garçons ici même dans cette ville et tu éviteras les rues et seras quelque temps à l'abri de ta vicieuse nature. Tu veux bien arrêter de pleurer ? Tu n'as pas de mouchoir ? C'est répugnant, vraiment, de devoir assister à un comportement comme le tien… un homme dans mon genre nourrit d'emblée de grands idéaux, passe ses diplômes pour se consacrer à l'humanité, et avec qui il se retrouve nez à nez ? — des petits salopards à menton bleu, musclés, avec une gueule de macaque comme Bobbie Gadsen… ou Gotsen… ou Gotteson, bref, un nom à la con, illisible, la sténo en a biffé la moitié. Tu es un mot qui a été à moitié biffé, Bobbie ! Pauvre petit salopard !

6

EL PORTAL

La première nuit

« Je vais juste faire comme si tu n'étais pas là, a-t-elle dit.

— Que dois-je faire ? » ai-je demandé.

Elle s'est éloignée. Elle m'a tourné le dos. Je pouvais voir sa colonne vertébrale sous la peau, qui ondulait, ses vertèbres remuer telles de minuscules phalanges… et son visage était fendu en travers par un sourire narquois, je le savais même si je ne pouvais pas le voir.

« Que dois-je faire ? » ai-je crié.

Elle a ri et s'est éloignée. Elle a traversé la terrasse. Le vent a dérangé ses cheveux clairs et mousseux et elle les a retenus avec ses deux mains, maladroitement. Elle a arrangé son corps afin que le vent bouge avec lui, passe sur lui. Elle riait, je la regardais fixement et j'ai su ce que j'étais censé faire. Ils attendaient de moi que je le fasse. Elle a sauté sur le muret — c'était un muret étroit en pierres — et elle a marché dessus, les bras tendus comme si elle était somnambule, cent cinquante mètres en équilibre au-dessus du vide. Elle a tourné le visage pour me regarder, ses yeux plissés par l'excitation. Le soleil brillait derrière un fin voile de nuages. Un arc-en-ciel s'est formé puis dissous. Elle riait, ses dents blanches comme de la porcelaine se moquaient de moi, elle a crié par-dessus son épaule : « Espèce de macaque ! — petit macaque poilu chéri ! » Ça m'a fait rire, malgré moi. Ils nous regardaient. Ils attendaient de moi que je fasse quelque chose. Alors, j'ai traversé la terrasse en courant et j'ai marché à ses côtés, tandis qu'elle se pavanait au-dessus de moi, en me jetant des petits coups d'œil faussement énamourés, en tordant ses lèvres en une moue choquée, puis de nouveau elle souriait, souriait d'un sourire moqueur, tandis que derrière elle des choses volaient dans l'air — décrivaient des cercles — des cercles sans fin en quête de nourriture — « Attention aux vautours, ils pourraient se prendre dans tes cheveux », ai-je dit. Elle a ricané. Je ne la touchais pas, juste pour l'embêter. « Ils pourraient se prendre dans tes cheveux comme des chauves-souris et s'emmêler méchamment, te déchirer, ils pourraient t'arracher les yeux et ça ne serait pas très drôle, non ? » me suis-je écrié. D'où j'étais, je pouvais voir la chair amassée autour de sa mâchoire, elle n'était pas aussi jeune que je l'avais cru, et la chair de ses avant-bras était relâchée, très pâle, flasque, étrange… « Tu devrais porter davantage de vêtements, ai-je dit. Tu devrais te couvrir davantage. Sauf tes jambes, tes jambes sont parfaites… tes jambes sont très belles. » Elle ne pouvait pas m'entendre à cause du vent, elle s'est arrêtée et a mis sa main derrière son oreille. « Tes jambes sont très belles ! ai-je crié.

— Plus fort ! » a-t-elle dit, en ondulant au-dessus de moi. Je supposais qu'il y avait un chef-op et un preneur de son derrière moi. Étaient-ils tout près ? — utilisaient-ils un zoom ? J'avançais à ses côtés en dansant, j'essayais de l'agripper, tendais la main vers elle comme si j'ôtais des plumes — en faisant de petits mouvements de pince avec mon pouce et mon index —, je pinçais ses cuisses, ses jambes tandis qu'elle gloussait et faisait de petits bonds pour m'échapper. Un faucon a plongé droit dans l'eau derrière nous. Elle a poussé un hurlement, surprise. Elle a sauté à bas du muret et dans mes bras. Nous avons titubé en arrière, en riant. J'ai commencé à déchirer sa tunique. Elle était ouverte dans le dos, tout échancrée jusqu'en dessous de la taille, et je l'ai déchirée en morceaux pendant qu'elle hurlait et essayait de refermer ses doigts autour de ma gorge. « Non, ne fais pas ça, ne fais pas ça ! ai-je dit.

— Je ne suis pas une de tes petites salopes ! a-t-elle hurlé. Je suis célèbre ! Je n'ai pas besoin de toi ! Je n'ai pas besoin d'être humiliée ainsi ! — Arrête ça, sale petit fumier, je vais te faire coffrer — arrête ça ! — je t'ai dit d'arrêter !

— Ton visage glisse sur le côté, ai-je murmuré. Ton mascara se barre… »

Mais elle me griffait et n'entendait rien. « Saleté de petit métèque ! Saleté de petit singe !

— Je ne suis pas un métèque, ai-je dit. Je suis un Américain. — Ça t'embête pas que ton maquillage se barre ainsi ? »

Nous avons lutté ensemble sur la terrasse dallée. Elle piaillait et essayait de rouler loin de moi. Je l'ai chevauchée. « J'ai un fils de ton âge, arrête ça, j'ai un fils — j'ai deux fils — je n'ai pas besoin que tu fasses ça — je suis au-dessus de ça — je — je t'enverrai dans le couloir de la mort — arrête ! — tu es malade, tu es sous-humain, arrête ça, mes enfants sont ici — ils regardent — je sais qu'ils sont en liberté et regardent — arrête — attends — » J'ai mis ma main sur sa bouche, la paume rêche et crasseuse de ma main droite. Elle a essayé de se dégager. Comme on se marrait tous les deux, en secret ! — derrière ma main, comme on se marrait ! Et l'univers a monté en puissance, chaque cellule de mon corps bondissait du désir de bien faire, et je —

Elle s'est dégagée et a fait de grands gestes frénétiques en direction de la maison, vers la maison, où les autres se trouvaient et applaudissaient. Elle s'est redressée d'un bond, mais je l'ai rattrapée par le mollet, puis par la cuisse, et je l'ai attirée au sol à nouveau. « Arrêtez-le, je suis malade, je suis à vif, je suis épuisée ! » a-t-elle crié, mais ils ont ignoré ses hurlements ; seul le caméraman s'est approché de nous, pieds nus, en roucoulant des mots qui semblaient m'être adressés. Je n'y ai pas prêté attention. J'ai trouvé une poignée de ses cheveux blonds dans mon poing. « Oh Bobbie, Bobbie, Bobbie, tu es fou », a susurré quelqu'un. C'était peut-être le caméraman. C'était peut-être Melva.

Un peu plus tard je me suis allongé dans la piscine, à l'endroit le moins profond, complètement immobile. Les pores de mon corps s'étaient refermés. J'entendais les autres à l'intérieur de la maison. J'ai pensé : *Je vais me fermer à eux.* Mais un œil demeurait ouvert, à l'affût, sournois, se concentrant sur Bobbie Gotteson désormais fixé sur la pellicule, un de ses numéros désormais filmés, un de ses numéros enfin filmés, même si ce n'était pas le numéro qu'avait espéré faire Bobbie. Mais… !

Oh Bobbie, Bobbie, Bobbie, ô toi le joli macaque, toi le doux taré, oh Bobbie, d'où es-tu venu ? — quels pouvoirs possèdes-tu ?

7

LE TARÉ MÉDITE

Sur ses pouvoirs et sur la première fois où ils lui ont attiré des ennuis

J'entendis quelqu'un lui crier par-dessus avec ma propre voix — c'était un garçon qui criait — un garçon d'environ onze ou douze ans — qui criait —

Ne savait-elle pas, cette saleté de vieille pute laide et puante, que je pouvais foutre le feu à cet appart si je le voulais — pouvais foutre le feu à cet endroit puant où on vivait et au canapé du salon puant où j'étais obligé de dormir, aux escaliers et à tout le bâtiment — elle ne le savait donc pas ? elle ne savait pas que je pouvais elle aussi la faire cramer et qu'elle partirait en fumée, ses robes trop larges et ses jupons et ses sous-vêtements partant tous en fumée, elle ne le savait donc pas — ?

De laquelle s'agissait-il ?

L'une d'elles, je ne sais pas laquelle ; une de mes mères.

Bon, écoutez, c'est tout : je lui ai crié après (c'était une femme qui m'agrippait méchamment par les épaules, prête à mordre et me hurlant elle aussi au visage) et quand j'ai vu que ça ne marchait pas je me suis mis à parler tout bas et à sangloter, elle ne savait donc pas que je pouvais faire n'importe quoi si je lâchais la bride à mon esprit ? — si je le libérais pour qu'il accomplisse ma volonté secrète ? Mais elle continuait de me secouer, de hurler et de me cogner contre le mur et le radiateur, et mes pouvoirs se réveillaient, remplissant mes bras, mes jambes et mon torse maigrichons, mais elle était plus forte, elle avait le pouvoir de me plaquer violemment contre le radiateur et du coup j'avais très mal à la jambe gauche et je ne pouvais pas affûter suffisamment mon esprit pour la fendre en biais. « … pourrais te mettre le feu et tu partirais en… », mais tout le monde s'en fichait, et pile à cet instant la mélodie d'une chanson fusa dans ma tête… et après, longtemps après… longtemps après… cinq ou six ans plus tard… alors que je grattais sur ma guitare dans la salle de détente… la mélodie et les paroles complètes de ma première chanson me revinrent, dans le détail. Vous la connaissez ? Est-ce que quelqu'un la connaît ? Ils l'ont volée et ils ont changé les paroles, mais les paroles sont *Pourrais te mettre le feu ! Oui, le feu ! et tu partirais en fumée !* ces paroles mêmes…

J'ai écrit une centaine de chansons, deux cents, un millier !… Les gens ici ne me croient pas, ils me détestent. Mais des potes à moi qui vivent dans l'Est ou par ici, et En Dedans, ils ne mentiraient pas, eux… ils n'essaieraient pas de me rouler… ils se porteraient garants de moi ! Cette chanson sur la face B du tube des Survivors, il y a quelques mois, celle qu'ils ont intitulée *Learning to Love* — « Apprendre à aimer » — c'est *ma* chanson — jetez un œil au disque et vous verrez, c'est mon nom là, Bobbie Gotteson, oui là dans les remerciements… Mais ces salauds m'ont arnaqué. Ils m'ont arnaqué comme tous les autres m'ont arnaqué. Ils ont pris ma chanson et lui ont donné ce titre merdique — ma chanson s'appelait *Unlearning to Live* — « Désapprendre à vivre » — et c'était une belle chanson — mais ces salauds, toujours prêts à foutre la merde et défoncés la moitié du temps, ces salauds millionnaires, du même âge que moi ! — ils ont acheté ma chanson pour mille deux cents dollars de merde et ont changé le titre et les paroles et — le fils de Melva, ce salaud est plus jeune que moi ! — ce salaud m'a entendu chanter au *Lucky Pierre*, ça se trouve sur le Strip, et il est resté après et m'a dit que j'étais vraiment bon, et —

Puis ils ont obtenu une ordonnance de police. Ils ont essayé de m'escroquer. Ils ont essayé de rogner mes droits de citoyen. Je suis né dans ce pays comme tout le monde ! *Je suis un Américain à part entière !* Ils ont dégoté un avocat juif pour m'arnaquer, ils ont appelé la police de LA pour qu'elle me vire de cette maison — où j'étais invité — où on m'avait fait comprendre que je pouvais rester aussi longtemps que je le voulais — et ils ont explosé ma guitare, un flic l'a défoncée avec le pied, sous mes yeux, tandis que je pleurais et tentais de leur expliquer — « J'écris des chansons, ai-je crié, je suis un musicien ! » Ils ont tout saccagé, les matelas étaient éparpillés avec des ordures partout dessus, l'ocelot mort que j'avais dû tuer, quand il était devenu fou un soir — l'ocelot s'était mis à pourrir —, et je ne me sentais pas bien, je titubais dans l'appart et j'essayais de me réveiller, et voilà que ces fumiers de flics défoncent la porte et m'arrêtent — « Qui menacez-vous ? m'ont-ils demandé. Vous vous appelez "Bobbie Gotteson" ? Vous êtes en état d'arrestation — vous êtes accusé d'extorsion, d'agression et d'intrusion dans une propriété privée et de refus de libérer les lieux d'un établissement privé — »

Je me suis défendu comme d'habitude. Je sais me battre. J'ai appris en prison à… à ne pas céder… à ne pas moucharder et à ne pas céder… Mais ils m'ont tabassé et quand on est arrivés au commissariat j'ai vomi partout sur les marches en entrant, et ils me l'ont fait payer cher, et il y avait tellement de sang et de vomi que je ne pouvais pas parler au téléphone… j'essayais comme un fou de joindre quelqu'un, de trouver un avocat, de passer un coup de fil pour que quelqu'un m'aide… Mais mon esprit s'est effondré. Alors, quand ils ont dit *Hé, gamin, espèce de petit métèque aux cheveux gras, hé, t'as l'intention de continuer à menacer des femmes blanches ?* — mes idées se sont embrouillées dans ma tête et j'ai cru que j'avais dix ou onze ans, un petit avorton maigre et flippé du New Jersey, avec ma vieille mère alcoolo qui me criait après un jour dans le couloir, juste devant chez nous — et — euh — et tout ça s'est effondré en un tas, les différentes fois, et moi je lui disais que je pouvais lui foutre le feu, à elle et à tout le bâtiment si je voulais, mais qu'elle arrête de hurler, arrête de hurler ! — et c'est alors qu'elle a couru chercher la police, ma propre mère, elle est allée trouver un flic au coin de la rue, un flic qui réglait la circulation au croisement, un vrai taré, un gros salaud d'Irlandais costaud comme un bœuf, et ma mère a ameuté tout l'immeuble pour qu'ils entendent, « Arrêtez-le ! Arrêtez-le ! Il m'a menacée de mort ! »

… Alors le flic a dit : « Petit, as-tu menacé de mort cette dame ? »

Et j'ai dit : « Non. »

Elle m'a giflé et a dit : « Il a essayé de me tuer — c'est un assassin-né ! »

Le policier m'a giflé quand j'ai essayé de me dégager. « Tu as essayé de la tuer ? Tu as essayé de la *tuer* ? »

Elle avait tellement de mal à respirer que ça s'est changé en sanglots ; puis elle a titubé et appuyé ses mains sur son ventre. Le flic m'a plaqué contre la rambarde des escaliers. « T'as un couteau, petit ? — hein ? T'as une arme ? Elle est où ? Où elle est ton arme ? » Il m'a palpé. A palpé mes jambes de bas en haut. Tiré sur ma chemise — l'a déchirée sur toute une épaule. Son visage était rouge. « T'essaies de tuer des gens, hein ? Ben t'es super bien parti dans la vie, hein ? Petit métèque ! »

8

UNE SCÈNE D'AMOUR JAMAIS FILMÉE

La roulette rebondit contre ma dent. Une dent du haut, au fond. Tout s'y concentra, c'était un îlot de douleur intense, de douleur folle et stridente, mais je restai bien droit sur la chaise, les mains crispées sur les accoudoirs et les pieds bien à plat sur le repose-pieds, pour ne pas péter les plombs et donner des coups, mais cette chose dans ma bouche… c'était un truc en plastique crochu coincé entre ma lèvre inférieure et mes dents pour aspirer la salive… le truc ne marchait pas bien et se tordait, de l'eau dégoulinait le long de mon menton, et du liquide au goût métallique commença à former une flaque au fond de ma bouche, je manquai m'étrangler et le dentiste me dit : « Calme-toi sinon je vais te transpercer la joue » — puis ça recommença, la douleur stridente pareille à une flamme s'enfonçant dans ma mâchoire, dans un hurlement supersonique, traversant ma mâchoire et fusant dans ma tête —

« Calme-toi ! Calme-toi ! » cria le dentiste. Je pouvais sentir l'odeur de sa transpiration. C'était un type gros et colérique, qui venait à la prison le mercredi, et avait du pain sur la planche, son ventre faisait pression contre mon avant-bras, mon avant-bras dénudé, ma manche était remontée jusqu'au coude à force de tension et de douleur, et quand il arrêta la fraise j'ouvris les yeux pour retrouver un peu la réalité, reprendre pied, mais la douleur m'étourdissait et je ne voyais que des lignes de douleur qui ondulaient et se tortillaient, là, dans l'air. Une chose venait d'être abaissée devant moi, une lumière en jaillissait, dirigée droit sur mes yeux. Le dentiste marmonnait des trucs à son assistante, une jolie petite nana potelée, à l'air gentil, avec une queue de cheval : « Allez me chercher du… passez-moi ce machin… pourquoi vous lambinez ?… J'en ai encore six comme ça à voir cet après-midi, magnez-vous !… son haleine pue tellement que je vais rendre mon déjeuner… Tu vas t'attirer de sacrés ennuis, l'ami », me dit-il, furieux, en faisant de nouveau vrombir la fraise contre un morceau de métal, « attends un peu que cette pourriture gagne tes canaux nerveux !… tu ne te brosses jamais les dents, bien sûr que non, c'est pour ça que tes dents sont vertes et ton sang tout infecté et pourri, et tes gencives… Bon sang, tes gencives feraient un tabac dans un numéro spécial du *Dental News* ! » Et il se remit à forer. C'était une fraise différente à présent, qui émettait un vrombissement sourd, très étrange, rauque, comme une tronçonneuse au ralenti, et sa voix se fondit dans le vrombissement. « Tout pourri ! Pourri ! Pourri ! Ils comptent sur nous pour virer la pourriture, nettoyer le trou et le remplir avec de l'argent, c'est bien ça, hein ? — et tout ça en restant debout huit heures par jour, cinq putains de jours par semaine plus une demi-journée le samedi — et tout ça pour qui ? — pour des criminels, des violeurs, des assassins, et des sadiques en puissance, comme toi, machin-chose, qui te tortilles sur la chaise — t'as de la chance que ça soit pas une chaise électrique, hein ? — à moins que ça en soit une ? — hein ? — on dit que la chaise électrique c'est du rapide, bien trop rapide pour les ordures répugnantes qu'on y attache, selon moi, et beaucoup d'autres, franchement, mais cette chaise-là c'est pas du genre à en finir vite avec toi, pas vrai, mon garçon ? Pas vrai ? Calme-toi ! Ça ne fait pas mal et tu le sais. Tu es un lâche. Le dernier type qui s'est assis là, il s'est endormi pendant que je forais — *en-dor-mi* — parce qu'il me faisait confiance, il a pas bronché, il s'est pas braqué contre moi, comme tu le fais — Betty, passez-moi cette serviette. Hein, quoi ? — mais d'où il vient tout ce sang ? Betty ! Très bien maintenant, on se calme, ça a dérapé un peu mais c'est la faute à qui, hein — avec toi qui te tortilles partout dans la chaise comme une petite fouine — t'as du bol que mon emploi du temps soit surchargé sinon je m'occuperais de cette dent de sagesse qui est en train de sortir, m'a l'air tordue, si la radiographie marchait on irait voir de plus près cette petite mariolle — bon là ça risque de faire un peu mal parce que le trou est maintenant exposé à l'air et — »

Je me mis à hurler.

Quand le hurlement s'arrêta, j'entendis son écho. Le dentiste reculait. « J'ai fini ! dit-il. Appelez le gardien et sortez-moi ce petit fumier d'ici ! Je n'ai pas à recourir à la torture dans le cadre professionnel — ça va trop loin — c'est un scandale — et mon estomac est tout retourné depuis qu'il est entré dans cette pièce, son haleine est une honte — »

Dans la partie de ma tête où se trouvait la dent, le côté droit, en haut et jusque dans la base du crâne, c'était comme à vif, ça cognait et grésillait, et dedans quelqu'un me gueulait après : « — de quoi gerber, les monstres que je dois soigner ! — de quoi me plier en deux et gerber — et maintenant l'autre a une racine exposée et c'est bien fait pour lui, qu'il ressente un peu de douleur humaine pour changer, au lieu d'empuantir l'endroit avec sa pyorrhée et ses aisselles — le petit macaque ! —, si les contribuables de cet État pouvaient jeter un œil dans cette pièce et *voir* ce qu'on fait de leur fric, le genre de fosse à purin dans laquelle on déverse leur argent — »

La fille m'aida à sortir et passer dans une autre pièce. Je titubais. Je n'y voyais pas clair. Mes yeux étaient remplis de larmes. Un autre prisonnier qui arrivait ouvrit grand la bouche et dit : « Bon sang… » ; il gémit, et la fille me fit asseoir une minute parce que mes genoux étaient tout tremblants. Elle me dit quelque chose mais je ne compris pas. J'étais plié en deux, les mains appuyées contre ma mâchoire. La fille se tenait devant moi, se tordait les mains comme le font les mères. Elle disait : « Bon, eh, hein, ne pleurez pas — hé — hé — hé, vous vous appelez bien Bobbie, c'est ça ? — Bobbie ? » Elle fit le tour pour me faire face, s'accroupit. Elle fixa mon visage là où mes yeux voyaient tout flou. Ses cuisses tendaient le tissu blanc de sa robe ; la peau de sa gorge et de son visage était si douce, si douce d'aspect, la toucher l'aurait gâtée, un doigt l'aurait détruite, ses lèvres étaient peintes en rose et murmuraient des mots que j'aurais dû entendre… « Ce n'était pas sympa de sa part, j'ai vu ce qu'il a fait, il n'a pas insensibilisé vos gencives et c'était une vacherie… juste pour gagner quelques minutes, et pouvoir se barrer plus vite… Et ce n'était pas vrai, quand il a parlé d'un type qui s'était endormi dans la chaise, non, c'était un mensonge, ça s'est passé en ville dans son propre cabinet et le type en question ne s'est jamais endormi mais a eu une crise cardiaque ou une apoplexie ou quelque chose du genre et il a dû sortir les pieds devant…

Je ne sais pas pourquoi il raconte des mensonges pareils, juste devant moi ! Je le déteste ! Je devrais le dénoncer pour avoir passé la fraise sans novocaïne, pour vous avoir torturé exprès, on verrait alors si ça le ferait rigoler ! » Elle secoua la tête d'un air furieux. Des larmes affleurèrent à ses cils. Une larme roula sur sa joue. Elle avait mon âge, seize ou dix-sept ans.

Mais je détestais les femmes. Par principe.

Une des pièces à conviction est le carnet de « dessins obscènes » de l'accusé. Il s'agit surtout de cercles censés représenter le corps féminin. Les parties circulaires sont dessinées de façon vague et amorphe, les autres parties — les trous et les entailles — sont remplies brutalement, furieusement, en noir, et il est évident que le prévenu a parfois brisé la pointe de son crayon en dessinant ces choses — Quand le carnet est montré au jury, tous les jurés répriment un cri et détournent la tête, les hommes comme les femmes. C'est choquant, et attristant, de voir les œuvres obscènes d'un esprit malade.

Mon Vieux dans la prison là-bas m'a appris à les haïr. La haine, Bobbie, la haine haine haine haine haine haine haine. Baby Bobbie. « Baby Bobbie Gotteson » était un de mes noms. Mon Vieux s'appelait Danny Minx, également appelé Danny Blecher, et il m'a prévenu, il a murmuré à mon oreille, avec son haleine chaude et charnue, un simple avertissement amical. « Si jamais tu penses à eux, Baby Bobbie, je te coupe les couilles. Compris ? »

9

SCÈNE D'AMOUR NON FILMÉE

Sur la banquette arrière de la Rolls-Royce de Melva

« Tu me détestes, hein ? Tu détestes les femmes, c'est ça ? Oh tu crois que tu peux me duper, en te tortillant et te contorsionnant et en grognant comme ça, vous êtes tous les mêmes, vous avez tous un sale petit secret ! Bobbie ! Arrête ou je baisse la vitre et je crie au secours ! Bobbie, ce n'est pas l'endroit — ce n'est pas l'endroit —

— Si. Si. Si, c'est l'endroit », dis-je, du fond de ma bouche, là où s'accumulait la salive la plus sombre et la plus aigre, et je l'escaladai et enfonçai mes jointures dans sa bouche pour qu'elle se taise parce que c'était ce qui venait après ; ma tête était juste ouverte et disponible ce jour-là, et tout ce qui restait de Bobbie Gotteson c'était le poison noir au fond de ma bouche que je devais avaler pour ne pas le lui cracher au visage, Bobbie dans son costume de singe rouge foncé avec des boutons dorés et des galons, acheté dans un Novelty & Costume Shop de Sunset Boulevard, par Melva elle-même, l'uniforme idéal pour un chauffeur d'un mètre soixante et onze aux cheveux noirs bouclés et rêches, avec sur la poitrine un poil noir bouclé et rêche (visible en haut de la veste, là où les trois premiers boutons étaient défaits), qui avait attendu deux heures et demie que sa maîtresse se pointe. Melva apparut alors, se frayant un chemin dans la rue parmi les clients et touristes, ses cheveux étaient désormais tout blancs, non plus bouffants mais arrangés en tas comme un gâteau de mariage, avec des bouclettes tout autour du front et sur les oreilles, et en dépit des deux heures et demie qu'elle avait passées dans le salon de beauté je savais que j'allais devoir escalader mon siège et la couvrir de bécots, faire des mouvements de succion avec la bouche, pour que les passants aient quelque chose à voir, même si ça n'était pas filmé. Melva hurla. Les vitres de la voiture étaient remontées, la climatisation marchait, personne ne pouvait l'entendre, ou alors si on pouvait l'entendre ce n'était pas grave, il me sembla même voir du coin de l'œil que quelqu'un prenait un cliché de nous — mais peut-être que je me trompais — même si Melva avait l'impression ces temps-ci qu'un de ses fils nous suivait, jalousement, que c'était lui qui avait enfoncé une punaise dans le pneu gauche avant de la voiture pour que l'air s'échappe lentement et le laisse à plat, ce qu'on découvrirait quand on émergerait de notre bungalow de San Luis Obispo un matin. *Bobbie, mon très cher Bobbie, mon brutal petit Bobbie-glouton, attends d'être dans le show-business — comme je serai fière, comme le public te dévorera ! — attends un peu !* Melva me taquinait avec la promesse d'un bout d'essai et d'une séance d'enregistrement, elle me dit tout bas qu'elle avait un contact aux studios de Vanbrugh, elle connaissait tous les cadres là-bas, puis elle me susurra un soir qu'elle connaissait personnellement Vanbrugh, elle l'appelait Vannie, et elle se colla contre moi en murmurant *Vannie, Vannie, vous êtes tous les mêmes, mon petit Bobbie-Vannie, tu pourrais être son fils, tu pourrais être un de mes petits chéris… peut-être que je t'adopterai, je te glisserai sous mon aile et dans mon testament — peut-être peut-être peut-être —*

J'avais envie de lui arracher les paupières. D'abord la gauche. Puis la droite. Des paupières en argent dépoli.

Une flaque s'assembla au fond de ma bouche. Du poison qui suintait de mes gencives, peut-être. Un liquide noir verdâtre, genre martini. Le matin il y avait des traînées noires sur les taies d'oreiller — mais c'était le mascara de Melva, pas ma salive.

«Oh tu as essayé de me tuer. Tu as essayé de m'étrangler, soupira Melva.

— Pourquoi pas ?

— Oh tu deviens exactement comme eux, ils descendent la pente un pas à la fois… plus vicieux, plus crades… plus exigeants… Je ne connais presque plus mes propres fils», dit Melva en bâillant. Elle secoua la tête et me sourit vaguement. La drogue faisait effet. Son visage maculé, sa gorge pendante. «Mais ça ne me gêne pas. Je tolère toutes sortes de personnalités. Peut-être difficile à croire… mais dans les années trente j'ai été membre du… du… du Parti communiste, et j'ai appris à tout tolérer. Mais n'en parle jamais à Mr. Vanbrugh, murmura-t-elle. Si jamais il l'apprenait, il me renierait.»

Je fis mine de dormir. C'était plus facile.

«Je n'ai pas envie qu'on me renie», dit Melva en bâillant. La violence de son bâillement nous parcourut tous deux. Elle gisait recroquevillée contre moi, ses bras autour de ma tête de sorte que mon visage était mollement appuyé contre sa gorge, et nous n'étions pas loin des vagues, des palpitations du grand océan que j'avais franchi pour voir ce continent, ou peut-être que nous étions collés l'un contre l'autre à l'arrière de la Rolls, garée ici sur le Boulevard dans le vacarme le choc le fracas le balancement des voitures, des bus et des étrangers qui nous reluquaient, bouche bée. Eux aussi avaient traversé le vaste océan. Pour voir. Pour mater. Pour prendre des photos des gens comme moi. À une rue d'ici se trouvait un célèbre restaurant bossu comme un chapeau, un chapeau marron, et si je me hissais sur un coude j'arriverais à voir si un de ses fils traînait par là, près du portier qui était censé être — comment le savais-je ? — un des ex de Melva. Ses fils nous épiaient à tour de rôle.

10

COMMENT LE TARÉ GOTTESON A VOYAGÉ VERS L'OUEST

Je n'étais pas un taré à l'époque. Mais ça m'a pris vingt et un mois pour arriver ici.

Quand ils m'ont laissé sortir, j'ai trouvé un boulot dans une entreprise de bâtiment à South Amboy, en attendant que mon Vieux soit libéré. Il serait en liberté conditionnelle d'ici quelques mois. Il me dit d'éviter les ennuis, Bobbie, ou sinon — ! — et demanda à un de ses contacts Dehors de me surveiller, et de l'informer si jamais j'avais des ennuis ; du coup, entre le contact qui était invisible et mon agent de libération conditionnelle, je savais qu'il était plus sage d'éviter les embrouilles. *Mais je n'arrivais pas à les différencier !* Mon Vieux Danny Minx flottait partout, invisible, et en prison il m'avait enseigné les pouvoirs de l'esprit et comment il sortait de son corps à volonté, pour se promener dans les rues de la ville et revenir à temps à sept heures pour le réveil, pour se glisser dans son corps et berner tout le monde. Je ne sais pas. Danny m'avait pris sous son aile et me protégeait, et peut-être qu'il mentait ou qu'il était fou ou me menait en bateau, mais je ne posais pas de questions, même dans ma tête, de peur qu'il lise dans mes pensées. Le lien entre nous était très fort, mais il ne fonctionnait que dans un sens. Je pouvais capter les messages qui émanaient de lui, mais ne pouvais pas en envoyer. Un jour, alors que j'étais en train de porter des bastaings, je reçus un message net et surprenant de Danny m'invitant à poursuivre ma carrière musicale.

Je pris donc des cours de guitare auprès d'un Espagnol qui tenait un magasin de musique dans le centre d'Amboy, un dollar la leçon, et j'essayais de me tenir à deux cours par semaine, afin de surprendre Danny quand il sortirait.

Je fredonnais des chansons qui étaient dans l'air. Je pouvais « recevoir » des mots si je trouvais les bons accords. Je demandai à l'Espagnol, un type un peu nerveux, si c'était comme ça que marchait le génie — il me dit que c'était ça, oui — c'était tout à fait ça. Un samedi après-midi, il me fit jouer à la guitare pour des gens qui flânaient dans la boutique, comme un ménestrel ambulant, je grattais mes accords et n'avais pas trop peur et chantais tout ce qui me passait par la tête —

oh tu es adorable
incatalogable !

— et un type aux cheveux argentés d'une trentaine ou quarantaine d'années me demanda mon autographe et voulut prendre un café avec moi, mais comme il était agité je compris que c'était plus qu'un café qu'il voulait, alors j'ai dit non. Mon Vieux m'aurait tué. Il m'avait déjà enculé devant deux autres types pour me punir. Dans ces moments-là, il disait qu'il était du FBI et ne sacquait pas les « fiotes ».

Danny Minx est sorti de taule et s'est soustrait à la loi pour s'enfuir dans l'Ouest, et nous sommes partis en voiture ensemble. Ça nous a pris longtemps.

J'ai choisi une Pontiac très belle, excellente tenue, garée dans une rue résidentielle avec les clés dans le contact, des clés qui en fait se balançaient encore dans le contact, puisque la conductrice venait juste de sortir de la voiture pour foncer dans la maison. Elle n'allait sûrement pas tarder à revenir, alors le petit Bobbie a agi vite, et une heure plus tard on était à des kilomètres de là, on se marrait et se gavait de chocolats. Danny Minx, également connu sous le nom de Danny Blecher, dit que le chocolat était la meilleure potion qui soit et qu'il devait en manger une certaine quantité tous les jours pour raisons médicales, afin de maintenir un taux de sucre élevé dans son sang. Il était directement connecté à la puissance sexuelle masculine, disait-il, et j'ai toujours trouvé que c'était vrai.

Quelque part de l'autre côté de Wichita, les ennuis commencèrent avec Danny, qui avait quarante ans, voire plus, quand il s'arrêta pour prendre en stop deux lycéens. C'étaient des garçons aux cheveux courts qui souriaient avec un panneau demandant *Vous allez à l'ouest ?* Ils se sont assis sur la banquette arrière et on a discuté tous les quatre un moment puis Danny a ricané et dit : « Ça ne vous gênerait pas d'aider et d'encourager un voleur, n'est-ce pas ? — en quête de son culte quotidien ? » Les jeunes ont vaguement rigolé mais sans comprendre. J'ai jeté un coup d'œil à Danny qui souriait. Il ne m'a pas rendu mon regard. Il a proposé qu'on boive du muscat et ils ont pris la bouteille, mais je voyais bien qu'ils n'en buvaient pas, l'un d'eux a fait un geste avec la main comme s'il essuyait le goulot, et l'autre s'est marré, mais Danny a continué de leur dire des choses qu'ils ne comprenaient pas, jusqu'à ce que je me mette à gueuler.

«Je vais vous tuer ! Vous savez que je peux vous tuer ! Je peux vous tuer ! » ai-je crié.

Danny s'est mis à rire.

«Je peux tuer tout le monde ! Je n'ai pas besoin de vous ! Je n'ai besoin de personne ! »

J'ai crié et me suis mis à frapper le siège entre nous. Je ne portais qu'un jeans et un tee-shirt et mes avant-bras étaient recouverts de poils noirs et bouclés qui faisaient peur aux jeunes à l'arrière, je le voyais bien, et Danny regardait mes mains avec ce regard en biais sournois qui le caractérisait, mais je n'avais pas l'intention de me taire, et pour la première fois certaines choses se sont libérées dans ma tête — des formes et des épaisseurs — comme des chiens féroces, qui sautaient et bondissaient partout — et la tête de Danny est partie en arrière comme s'il avait été mordu par l'un d'eux. Il a essayé de me faire taire. Il s'est mis à chanter une petite chanson connue seulement de nous deux, en fait c'était ma propre chanson qui, lui avais-je dit, lui était dédiée, *tu es adorable… incatalogable…*

Cette chanson m'a été volée par un compositeur à la noix des Studios Vanbrugh. C'est la musique de fond d'un de leurs films. Ils m'ont tout volé et m'ont viré et ils ont lâché leurs chiens de garde sur moi, mais si Danny Minx pouvait s'avancer pour témoigner… pour être témoin à la barre… il apparaîtrait clairement au public qu'on m'a arnaqué… qu'on a exploité mes talents… *Adorable* est la musique de fond de *Walking Ragged*, mais il n'y a aucun remerciement, nulle part il n'est dit dans le générique « Bobbie Gotteson… »

Suis-je allé si loin dans l'Ouest, ai-je traversé tout ce pays juste pour me faire enculer au cinéma ?

Les jeunes ont pris peur et ont dit laissez-nous descendre, et Danny a accéléré histoire de rigoler, et les jeunes — des lycéens ! — ont presque éclaté en larmes et supplié, et je me suis penché par-dessus le dossier pour leur gueuler après. Je ne me souviens pas de ce que j'ai crié. Je les ai secoués, je me suis penché en arrière et j'ai essayé d'attraper leurs cheveux pour cogner leurs têtes l'une contre l'autre. Finalement Danny s'est tellement bidonné qu'il a dû s'arrêter, les jeunots sont descendus de la voiture et se sont enfuis, laissant derrière eux quelques livres et une valise en carton, et nous sommes repartis avec moi qui gueulais par la fenêtre.

Plus tard je me suis réveillé et Danny était garé dans une station-service. L'employé était un gamin de mon âge. Danny et le gamin parlaient de quelque chose. J'entendais une drôle de plainte — comme un accent de plouc — et j'ai compris qu'on était dans l'Ouest. Je suis sorti de la voiture. Mes jambes étaient bizarres. Tout mon corps était raide, mes épaules et ma poitrine comprimées, comme une armure, et les muscles de mes jambes étaient tout noués. Je ne me rappelais pas ce qui se passait. Je pense que c'était le côté nouveau de mes pouvoirs, la peur que j'avais d'eux alors parce que j'étais juste un gamin, cette façon qu'avait mon esprit de s'emparer de la réalité et de la façonner, de modeler les autres selon ma volonté; je n'y étais pas encore habitué. Je me sentais très dérouté. Danny et le gamin ont cessé de parler et m'ont regardé. À cette époque mes cheveux n'étaient pas aussi longs, ni aussi épais et bouclés que par la suite, quand je me suis mis aux films privés et aux fêtes privées, quand les styles de la mode masculine avaient changé, mais quoi qu'il en soit mes cheveux noirs bouclés retenaient l'attention, je le savais, et hormis un halo brut et bleuâtre autour de la partie inférieure de mon visage qui remontait presque jusqu'à mes yeux, à force de ne pas me raser, j'étais très beau. C'était embarrassant. Je suis passé devant Danny sans lui adresser de signe… et là derrière le garage se trouvaient les toilettes pour hommes… et quand j'en suis sorti je me sentais bien, heureux, j'ai traversé un champ adjacent au garage et me suis dirigé en flânant vers le jardin d'une maison… On était au Colorado, dans la partie est de l'État. Je ne sais pas comment je sais ça. Le ciel était bleu clair, les nuages juste à l'horizon, il y avait trois ou quatre petites maisons d'un étage le long d'une route de terre battue, des maisons en bardeaux, comme des cabanes, et derrière l'une d'elles une petite fille jouait… jouait avec, euh, je crois que c'était une poupée… une poupée nue… elle manipulait ses jambes et la faisait marcher par terre. C'était une petite fille, j'ignore quel âge elle avait. Deux ans ? Trois ? Soudain j'ai pensé que mes pouvoirs, si je les libérais, pouvaient se ruer sur cette enfant et la détruire. Elle ne me voyait pas. Elle avait des cheveux roux, c'était une petite chose assise par terre, qui jouait. La journée était très calme. Non, un chien aboyait quelque part. Sur l'autoroute un camion passa dans un vacarme. Si puissant ! Si puissant ! Je sentis le besoin de décharger mes énergies, je sentis la montée en puissance de mes pouvoirs qui allaient déformer mon crâne. Je fixai la gamine. Elle me remarqua alors — elle avait senti mes ondes de pensées ! Elle cessa de frapper la poupée contre le sol et me fixa, et à cet instant je sentis mes pouvoirs monter et déborder, comme la lumière si la lumière pouvait se changer en eau, des fontaines d'eau, se soulevant et débordant d'amour, parce que la petite fille et moi nous regardions de cette façon, à ce moment-là. Ça se passa à ce moment-là. Un autre moment, un autre battement de cœur, et il se serait agi d'autre chose et peut-être que mes pouvoirs l'auraient tuée. Mais pas à ce moment-là.

Danny est venu me chercher. Il a dit : « Hé, Bobbie, pourquoi est-ce que tu pleures ? »

J'ignorais que je pleurais, lui ai-je dit.

« Bobbie chéri. Ben ça alors ! Est-ce que tu pleures parce que je t'ai embêté tout à l'heure ? C'est à cause de ces jeunes boutonneux ? »

Je ne pleure pas, ai-je dit. J'avais l'impression de me réveiller. Le jardin était désert, le ciel avait changé. Deux chiens aboyaient.

Danny me fixait.

Nous avons roulé puis nous nous sommes arrêtés en fin d'après-midi pour acheter à manger, nous avons quitté l'autoroute et pris un chemin de ferme qui menait à une voie ferrée, la voiture cahotait, les herbes fouettaient les ailes. Danny a préparé des sandwichs au fromage à la crème pour tous les deux. Nous nous sommes assis dans l'herbe. Je savais que quelque chose n'allait pas mais n'en laissai rien paraître. Danny m'a proposé des chocolats mais je n'avais pas faim. Puis on a tous deux arrêté de manger et il y a eu un bruit quelque part comme un sifflet de train ou un coyote, et ça m'a fait frissonner, parce que Danny ne me regardait plus vraiment, il me souriait rêveusement, comme il le faisait toujours à ce moment de la journée. Il s'est éclairci la gorge. Je me rappelle exactement les mots qu'il a dits ; il a dit : « Fais comme si tu étais dans un film, fais comme si tu étais un cow-boy qui chante dans la prairie. » J'ai donc sorti ma guitare qui était sur la banquette arrière de la voiture. J'ai gratté quelques accords tout en marchant, et je me suis mis à fredonner un air jusqu'à ce que les mots surgissent dans ma tête… ou peut-être qu'ils sont sortis de la tête de Danny pour entrer dans la mienne…

Je l'ai entendu démarrer la voiture. Mais je ne me suis pas retourné.

J'avais assez de temps pour courir jusqu'à la voiture, mais je ne l'ai pas fait. Je ne me suis pas retourné. Ce n'est pas non plus l'arme que tenait Danny qui m'a arrêté. Ça ne m'aurait pas arrêté. Je ne sais pas. J'ai continué de marcher le long de la voie ferrée, qui était surélevée d'environ un mètre, un mètre vingt par rapport au sol, en grattant ma guitare, en chantant à voix basse… Je l'ai entendu démarrer et faire marche arrière. Mais je ne me suis pas retourné.

Je suis allé dans la ville suivante, puis encore dans la ville suivante. Puis je me suis fait déposer à Reno, où ma chance a tourné, on m'a arrêté pour vagabondage, parce qu'ils « sévissaient » contre les vagabonds dans cette ville. De là on m'a transféré dans un hôpital psychiatrique, où je me suis lié d'amitié avec une thérapeute qui m'aimait bien, et ce n'est que lorsque je suis sorti de l'hôpital d'État du Nevada et me suis rendu jusqu'à LA que j'ai découvert que le président avait été assassiné alors que j'étais enfermé — par un taré du nom d'Oswald, un voyou à la petite semaine qui à ma grande joie avait été descendu. Ce voyou ! Ce rouge, ce minable, ce lâche ! Je me procurai une photo d'Oswald se faisant abattre, le visage tout chiffonné en un cri, plié en deux les mains sur le ventre, avec un homme du shérif s'avançant pour s'interposer devant Jack Ruby — mais finalement j'ai dû me débarrasser de la photo parce qu'elle me fichait trop en rogne. Ça me donnait envie de tuer quelqu'un. J'ai travaillé un temps à Venice Beach, juste assez pour financer ma carrière musicale, composer des ballades dans ma tête — *La Ballade de Jack Ruby* était le titre de l'une d'elles, mais ce n'était pas une de mes meilleures chansons —, et je me demandais si Danny Minx se pointerait un jour. Je lui aurais pardonné.

Il n'est jamais venu.

Ou s'il est venu, il avait changé. Son visage s'était empâté, son torse était devenu tout flasque comme celui d'une femme. Ses jambes plus épaisses. Sa voix perçante et flûtée, disant « Bobbie ceci, Bobbie cela », et ne me laissant jamais tranquille. On me suivait parfois, c'étaient des vieux, qui applaudissaient quand je terminais une chanson et me demandaient une mèche de cheveux, un autographe, faisant comme si j'étais une vedette — des gosses me suivaient également, surtout des adolescentes aux cheveux longs et raides et aux grands yeux de vache, toutes amoureuses de moi. J'économisai de l'argent en dormant sur la plage la nuit. Parfois dans des ruelles ou sur des pas de porte. Je pouvais dormir assis sur un banc dans un jardin et parfois même les yeux entrouverts, au cas où un flic me remarquerait. Puis un soir dans un bar de Venice il y a eu une bagarre, quelqu'un s'en est pris à moi et nous avons tous les deux roulé par terre, chacun essayant de fracasser le crâne de l'autre sur le sol, un inconnu, un taré que je n'avais encore jamais vu, et quand les choses se sont arrangées on m'a coffré pour tentative d'homicide et ma vie s'est effondrée sur moi, et le type de l'aide judiciaire m'a dit de plaider coupable parce que j'avais un casier, alors à quoi bon ? — du coup j'ai plaidé coupable et le Juge m'a collé quinze ans, sans me regarder sauf pour un rapide coup d'œil fuyant qui a fait se froisser son visage comme s'il allait éternuer. Je voulais expliquer que j'étais un musicien et un troubadour et que le sens de ma vie était de divertir, juste de divertir des gens comme lui, que j'avais un vrai talent original qu'il fallait libérer… qu'on devait libérer…

« Affaire suivante ! Faites sortir ce type d'ici !

— Votre Honneur —

— Suivant !

— Votre Honneur, je vous prie, permettez que je chante pour vous —

— Virez-moi cette créature d'ici ! »

11

ÊTES-VOUS AMOUREUX DE QUELQU'UN QUI N'EST PAS AMOUREUX DE VOUS ?

Concernant l'amour, ils ne se trompaient jamais, les vieux paroliers, les vieux fils de pute millionnaires commerciaux, la plupart d'entre eux morts ou agonisant désormais dans les années soixante-dix avec leurs demeures prises d'assaut par des gamins d'une vingtaine d'années… Mais ils savaient. Ils savaient comment c'était. Vous aimez quelqu'un et il ne vous aimera pas. Il aimera quelqu'un d'autre. Mais ce quelqu'un d'autre ne l'aimera pas. Ce quelqu'un d'autre pourrait même vous aimer, vous ! Ou quelqu'un qui vous ressemble. Gotteson était un original au visage incandescent, aux yeux marron foncé ternes scintillants étincelants, avec des pattes drues et frisées qui descendaient, descendaient, descendaient lentement sur ses joues musclées au fil des ans alors que les styles de Dehors se rapprochaient de l'esprit d'En Dedans… il lui manquait pourtant quelques centimètres, de sorte que même ses souliers italiens à talons en liège de sept centimètres ne lui servirent à rien, pendant le bref temps où il les porta, tout résonnant de par les rues. Pourquoi était-il né si petit ! Mais ses jambes étaient musclées, dures, elles ne semblaient pas faites de chair comme celles des autres hommes — *Bobbie, tu es si costaud !* — et les muscles de ses épaules saillaient sur son torse compact et élancé, même s'il ne faisait que quinze ou vingt minutes de pompes tous les jours. Son secret n'était pas dans son corps. En fait, il méprisait le corps. Il le méprisait. Gotteson faisait l'amour avec l'esprit, il chantait ses ballades gaies-sentimentales à l'esprit, et c'était pour ça que les détenus (pendant les Soirées-spectacles) roulaient des yeux et faisaient des mouvements de succion avec leur bouche, pendant qu'il chantait, toutes ces longues et interminables années à Terminal Island. Et quand il fut Dehors, quand il sortit avec plusieurs billets de dix dollars et des vêtements de rechange, il vit avec étonnement que le monde l'avait rattrapé… tous les rêves l'avaient rattrapé… avaient même peut-être pris un peu d'avance sur lui, du fait du progrès défectueux des capacités de conceptualisation et de la coordination motrice décousue…

Vingt minutes après qu'il eut été libéré de prison, dans le bus qui le conduisait à Los Angeles, dans ce bus même, une fille aux os fragiles et aux genoux cagneux, toute dégingandée, âgée d'environ quatorze ans, s'installa sur le siège à côté de lui, soupira, chassa ses cheveux de devant ses yeux en jetant des coups d'œil en coin à Bobbie avec cet air mi-étonné, mi-rusé qu'elles lui décochaient toutes, et murmura quelque chose qu'il ne put pas tout à fait entendre. Gotteson, peu accoutumé au monde, au raffut du bus et au mouvement rapide derrière les vitres, peu habitué à voir autant de personnes libres, se déplaçant librement dans les rues en marchant où elles le souhaitaient, et surtout pas habitué à l'odeur fiévreuse de cette jeune créature scintillante, ne put comprendre ses paroles. Il n'osa pas lui demander de les répéter.

Bobbie et la fille se regardèrent fixement sans rien dire. Finalement la fille dit, en souriant : « … me suis enfuie, c'est la première fois. Et toi ? Ils ont essayé de me bousiller la cervelle. Là-bas. »

Bobbie mit sa main en cornet devant son oreille.

« Hein ?

— Là-bas. Chez moi à Del Mar. Z'ont essayé de me rendre dingo. Tu piges. Et toi ? »

Oui, et Bobbie ?

Il la craignait et n'arrivait pas à la croire, mais elle glissa dans sa paume naïve et transpirante quelque chose qu'elle appelait des petits pois d'amour, des capsules que Bobbie et elle prirent ensemble, pour commencer une petite amitié.

Oui, elles l'aimaient. Ce n'était jamais de sa faute. Elles rampaient et se tordaient devant lui, elles couinaient, se pressaient contre lui fortuitement dans les foules à Venice Park ou le week-end dans les grands brassages de touristes et de banlieusards des classes inférieures le long du Strip, elles ne se lassaient jamais de lui. Gotteson dut apprendre rapidement à endurcir son cœur contre cette horde, sinon sa puissance de chant aurait été décimée il y a des années… Il les détestait. Les détestait détestait détestait détestait. Il les détestait toutes. Non, pas toutes, mais la plupart — les petits pois d'amour ne troubleraient pas suffisamment l'image parce que la terrible vérité c'était que, dans la détestation, tel un minuscule courant parfumé se frayant sournoisement un chemin dans un énorme poison gazeux, survivait quelque chose comme la pitié. Il les connaissait de l'intérieur. Il était crucifié sur la croix de sa pitié pour les femmes…

S'il n'avait pas eu pitié des gémissements de Melva, s'il n'avait pas sans cesse enfilé ses bras musclés dans cette veste de singe juste pour faire rire, moi, Bobbie Gotteson, sain d'esprit mais brisé de corps, n'en serais pas à essayer de sauver ma peau, loin des griffes légales et extralégales de la Justice : ma vie ne serait pas cette confession désarticulée, mais une suite de mélodies entêtantes jointes à une langue lyrique. Mais non. L'amour des êtres humains cause notre perte. Nous chancelons, trébuchons, ployons, volons le feu pour le leur donner et sommes punis, moqués, grattés à mort par de petits ongles peints, bombardés de ooooh et de aaaah jaillis de minuscules lèvres boudeuses. Avec les petites capsules vertes, Gotteson était attiré, une créature après l'autre, dans des excursions mentales excédant sa capacité à se souvenir. *Amphés, speed, bennies, dixies, coups de fouet, speedball, meths, dextros, peps, bambinos, copilotes, coupe-faim*... et beaucoup d'autres médicaments ; mais ces derniers relèvent de la pathologie et ce qui nous intéresse c'est l'art.

L'amour causa sa perte, cause notre perte à tous. Cela inclut Doreen B. qui ne l'avait encore jamais vu, qui lui était une totale inconnue, et réciproquement, avant les cinq minutes et demie de hurlements confus pendant lesquelles il la découpa à la hache « à mort » (ainsi que l'ont raconté les journaux, qui ne savent pas que toutes les morts sont des suicides, surtout les morts dans les journaux). Désolé désolé désolé désolé. Cela inclut également Sharleen M. qui ne témoignera pas contre Bobbie malgré les manœuvres de l'Accusation. Jamais. Ils exultent, murmurent entre eux, peaufinent leurs stratégies inutiles... le District Attorney lui rend visite en cachette, caresse son visage de bébé innocent et ses longs cheveux et cherche à faire plaisir à ses célèbres maman et papa et ne cesse de leur dire *Tout va bien, l'État de Californie* *va l'emporter !* Vraiment, hein ? Vraiment ? Maman et Papa M. ne sont pas à proprement parler les parents de Bébé Sharleen ; Maman est la mère, mais Papa le beau-père, le troisième de la série. Le papa premier est en France où il tourne un film, ou du moins c'est ce qu'a raconté Sharleen à tout le monde, même si tout le monde m'a dit, à moi, en ricanant, que son papa était dans un hôpital psychiatrique ici même en ville. Mais Sharleen ne va pas témoigner et il est inutile que l'Accusation la courtise. Elle ne témoignera pas contre son bien-aimé Bobbie*.

À Terminal Island, Bobbie aurait pu chaperonner n'importe quel gamin en quête de mentor, mais son esprit n'aspirait qu'à s'élever, il ne désirait que les hommes de vingt ou trente ans plus âgés que lui, des hommes comme il faut mais pas trop comme il faut, des hommes à la voix dure qui étaient cependant élégants, comme ce Juge qui le mit à l'ombre pour tant d'années. Exactement comme ce Juge ! Il composait en secret des chansons pour eux. Pour eux. Pour des messieurs aux yeux abrasifs, des gentlemen cyniques, comme Vanbrugh lui-même, même si Bobbie ne fit rien d'autre que ramper en présence de Vanbrugh… ou en présence de quelqu'un dont on disait que c'était le grand Vanbrugh. Même maintenant, rusé-mélancolique, il compose sa joyeuse confession surtout pour gagner le cœur du Juge qui s'assiéra au-dessus de lui, en lui jetant un regard ou en

* Bien que Gotteson ait écrit ces mots inquiétants dix-huit jours avant qu'on apprenne le suicide tragique de cette enfant, il semble avoir été absolument certain qu'elle ne témoignerait pas. Les lecteurs ne sont pas invités à spéculer sur la véritable identité de cette enfant, bien que la « Maman » dont il est question n'ait apparemment fait aucun effort pour déguiser sa relation avec Bobbie Gotteson.

ne lui jetant pas un regard, rasé de près, froid, cruel, souriant d'un sourire cruel quand il est nécessaire de sourire, un gentleman, un diplômé de l'école de droit dont le nom même serait tellement étranger au Taré qu'il le plongerait dans une transe... La tragédie personnelle de Gotteson, en contraste avec sa tragédie artistique-professionnelle-sociale, était que les gentlemen qui le regardaient puis le *dévisageaient* avec un immense intérêt n'étaient jamais les gentlemen auxquels lui, Gotteson, s'intéressait. C'était aux autres qu'il aspirait. Des femmes, toutes les femmes, des femmes de n'importe quel âge, regardaient fixement Gotteson et au bout de quelques secondes tombaient dans une sorte de transe, yeux ouverts, qui parfois le scandalisait (même un taré a des valeurs morales), mais parfois l'excitait, car malgré son dégoût esthétique pour les femmes son corps agissait souvent de son propre chef... peut-être cyniquement ?... peut-être avec un sens de l'humour... ? Mais au fin fond de son âme transparente, Gotteson ne pouvait jamais jamais pas même une seule fois convaincre son intellect de parler sérieusement à l'une de ces femmes. Celle qui mourut à ses côtés et qu'il n'abandonna pas, la seule qu'il n'abandonna pas dans la mort, alors qu'elle se vidait de son sang sur les draps, n'était pas vraiment femme à cet instant... pas femme, pas contrainte d'être femme... en *cela*. Elle avait été, comme Gotteson lui-même, une créature de pure... de pure...

Mais de cette révélation Gotteson ne peut parler.

Sa tragédie était donc qu'il aimait des gens qui ne l'aimaient pas. Nous appelons ça un paradoxe. Et, inversement, il méprisait les gens qui l'aimaient, surtout ceux qui s'attroupaient et se jetaient sur lui et le tripotaient... À la grande époque de Gotteson sur le

Strip, quand il grattait sa vieille guitare cabossée et chantait tout excité-extatique dans la fumée suave et sombre du *Lucky Pierre*, parmi ces fans il y avait même des intellectuels qui avaient faim de lui.... Vêtus de costumes hippies démodés, leurs lunettes de soleil et de vue style aviateur glissant le long de leur nez transpirant, la salive suintant de leur barbe au carré, des quadras parcouraient de longues distances pour venir admirer le talent de Gotteson, se révélant de façon maladroite mais charmante, en fonction de l'intimité que leur accordait Gotteson, en tant que professeurs... leur intérêt pour lui uniquement universitaire, bien sûr... même si l'un d'eux, tout à fait à son désavantage dans la foule du *Lucky Pierre*, pleura et tripota Gotteson, *Pourquoi ai-je passé mes années avec Jane Austen, mon Dieu pourquoi, maintenant il est trop tard*, s'évanouit sur la piste de danse, quel dommage. De chouettes types grisonnants encore en pleine forme venus des grandes institutions de la Côte, Santa Barbara, Santa Cruz, Berkeley, Palo Alto, San Jose, Riverside, Stockton et aussi Westwood... Mais bien qu'ils fussent tous après Gotteson, il ne se souciait pas d'eux ; il méprisait les névrosés.

Pourquoi l'amour est-il si fuyant, si difficile à rencontrer ? Melva faisait souvent les yeux noirs et la moue, une grimace charmante tout droit sortie d'un film de 1946 dans lequel elle jouait et qui (à en croire une amie) lui avait presque mais pas tout à fait valu un Academy Award... déclarant avec un zézaiement glacial et novocaïné : « Pourquoi quiconque de sensé tomberait-il amoureux d'un enfoiré comme toi, voilà qui est incompréhensible. Presque un gag. Écœurant, en fait. Je ne sais pas où va la civilisation. » Assise dans le lit, il lui arrivait de lire et relire de vieux numéros du *New Yorker*, conservés en tas bordéliques sous l'énorme et seyant lit à baldaquin, comme si elle cherchait, là, dans les dessins comiques vieux de dizaines d'années et les chastes colonnes pleines de reproductions et de publicités pour les babioles de chez *Tiffany*, une explication cohérente de ce qui avait mal tourné. Quand elle était très déconcertée, Melva cherchait la cohérence ; et elle la voulait exprimée avec grâce. *Qu'est-ce qui a mal tourné dans toute la culture ! — un mode de vie beau gracieux sain intelligent non syphilitique souscrit et adopté !* Mais à la fin comme toujours elle rigolait, repoussait les vieux magazines froissés sous le lit et claquait des doigts pour que vienne son Bobbie, comme toujours. *Ô espèce d'animal !*

À ce stade les lumières du tribunal sont tamisées. Les fenêtres hautes de quatre mètres cinquante sont couvertes de toiles pour bloquer la lumière. L'Accusation — le District Attorney lui-même et deux jeunes assistants ambitieux — demande alors à ce que soit projeté dans la salle le célèbre classique underground 17 Mannequins et un mec, *film acheté par le bureau du District Attorney à la suite de secrètes négociations avec le réalisateur qui l'a filmé (à El Portal, même si les paysages en arrière-plan qui pourraient permettre de reconnaître El Portal ont été soigneusement floutés ou caviardés), un réalisateur de renommée internationale dont l'œuvre a remporté des récompenses partout dans des festivals — Nice, Rome, New York — mais dont le nom est étrangement absent du générique. En fait — il n'y a pas de générique ! Même la vedette, Bobbie Gotteson, n'est pas mentionnée et a certainement été spoliée pour son travail exhaustif dans le film en qualité d'acteur principal, de directeur musical (la guitare qu'on entend en fond est entièrement de son fait) et de créateur (même si aucun scénario à proprement parler n'a jamais figuré sur le papier) ; mais cela n'a rien d'un hasard si la valeur du film a monté en flèche après l'arrestation de Gotteson, passant d'un tarif de location dérisoire de cinq cents dollars la soirée à la somme tenue secrète qu'a visiblement payée le District Attorney à la Liberated Arts Talent Agency qui gérait le film... Pas un hasard, et cependant Gotteson n'a jamais touché de royalties, il doit rester en proie à la honte et à la rage dans le tribunal et assister à sa propre dégradation en public, voir sur l'écran portatif sa performance devant un public de gens qui ne peuvent que réprimer un cri, ricaner, renifler, marmonner « Oh mon Dieu » — ou « Arrêtez ça ! », mais en aucun cas, même pas dans un cas isolé, reconnaître le talent là où il est et soulager les nerfs à rude épreuve du Taré par une salve d'applaudissements ! Le film dure environ dix-huit minutes (une minute par mannequin plus trente secondes au début et à la fin pour des zooms artistiques), mais quand vient la fin le Taré sanglote d'épuisement et de désespoir. L'Avocat de la défense, imperturbable à ses côtés, éloigne sa chaise de quelques centimètres du Taré. Gotteson pleure dans son isolement, dans son vide, où il a toujours pleuré et où personne ne l'a filmé. Et s'il avait été filmé, si sa vie spirituelle intime avait été confiée à la pellicule, il aurait eu de la chance de toucher un simple cacheton de sept cents dollars et quelques repas gratis et la guimbarde d'un type... !*

Le District Attorney, le visage empourpré, marche à grands pas devant les jurés et n'a pas besoin de crier maintenant, vu que tout le monde est silencieux et palpitant et n'ose regarder personne en face ; il lui suffit de débiter son baratin bien rodé et euphémistique pour attirer leur attention sur la monstruosité inhumaine de ce comportement, l'énergie inhumaine de ce comportement, la dépravation inhumaine projetée ici… et surtout sur cette épée brandie par l'acteur dans la seconde moitié du film, la machette présente ici même dans le tribunal, l'arme du crime elle-même ! « L'accusé semblait entrer en transe, semblait se balancer au son d'une… comment l'appellerons-nous ?… » (et ici une pause assortie d'un haussement de sourcil bidon, pendant lequel le Taré a envie de hurler mais réussit à rester raide), « … une danse de l'épée, une danse nuptiale, un rite de la fertilité, si bizarre que nous finissons par douter de nos sens, et obscène au-delà de tout entendement humain… Vous avez vu, mesdames et messieurs du jury, avec quelle perversité l'accusé a découpé ce dernier mannequin à mort — je veux dire, en morceaux ? Vous avez vu ? Vous n'avez pas pu ne pas voir ? »

Un des jurés, une femme, pleure dans son mouchoir. Le monsieur derrière elle, au visage couvert de sueur, propose de lui venir en aide, mais elle le repousse, et il rougit violemment. Le juré le plus lourd, un homme assez jeune avec des rouflaquettes presque aussi longues et enchevêtrées que celles du Taré autrefois, avant son arrestation, respire pesamment, sa grosse poitrine se soulève et retombe si péniblement qu'on a pendant un moment l'impression qu'il va avoir une crise cardiaque ou je ne sais quoi. Il ferme les yeux : des gouttelettes de transpiration coulent le long de son visage.

Le District Attorney se dirige d'un bon pas vers la table où sont disposées les pièces à conviction, s'empare de la machette, et la fait tournoyer autour de lui avec une violence qui stupéfie les gens, même si le Taré n'a que mépris pour cette machette-là, ce morceau de métal, sachant qu'elle n'offre que la plus grossière ressemblance avec son arme magique. *Il ne pourrait jamais s'en servir comme je le faisais*, murmure le Taré à l'oreille de son avocat, et quand son avocat s'écarte encore de quelques centimètres, sans le regarder, le Taré dit avec férocité, *et toi non plus ! — ni quiconque !*

12

GOTTESON À L'ÉCRAN

Un bout d'essai eut lieu, bien sûr. Aux Studios Vanbrugh. Gotteson fut convié à jouer de la guitare et à chanter autant de compositions qu'il le voulait, et tout le monde dans le studio le félicita après, tout le monde, même si aucun des témoins ne peut être retrouvé aujourd'hui pour témoigner que ce *screen test* a véritablement eu lieu, et bien sûr le film a été détruit ou vendu comme pièce de collection à quelque riche connaisseur des arts de Hollywood Hills, au nom resté secret... sans que Gotteson en tire le moindre bénéfice.

Dix ou onze ou douze films, des films d'impro, des films de fête, certains réalisés alors que je ne savais même pas que quelqu'un avait une caméra, l'un d'eux une version détournée de cette pub pour chips avec tous ces chameaux et un rajah avec une épée, et un autre un décalque d'un film de Dracula de 1939 que Sonya C. avait projeté lors d'une fête chez elle, et oh bon sang tout m'est revenu à Hermosa Beach où ma propre fiancée pissait le sang à côté de moi et ne pouvait même pas dire tout haut combien elle m'aimait ou me pardonnait, ça m'est revenu en pleine gueule comme une carte à jouer, de la même façon que Dracula machin-chose sanglotait parce que son grand amour était mort, et l'avait quitté, voilà comment je sanglotais moi aussi, mais personne n'a filmé ça.

Mais…

Mais il y a *bel et bien* eu un bout d'essai. Ils juraient que c'était pour de vrai. Ils étaient gentils avec moi, s'inquiétaient de ma santé, ils étaient très polis et très attentionnés, et Vlad J. semblait impressionné par mon numéro. Il m'a promis qu'il le projetterait *personnellement* à Mr. Vanbrugh dès que possible. Ce bout d'essai a bien eu lieu. Et maintenant si seulement… si seulement quelqu'un voulait bien le retrouver, si seulement on pouvait le dénicher, si seulement un groupe de réalisateurs et de producteurs du milieu voulaient reconnaître, publiquement, peut-être même signer une pétition qu'on publierait dans les journaux, que le garçon avait vraiment du talent et aurait pu devenir une vedette, oui, une superstar, si seulement les transactions et les circonstances avaient été en sa faveur ! Sinon les espoirs privés de Gotteson seront considérés par l'histoire comme des *hallucinations*.

13

POURQUOI J'AI DÉCOUPÉ NEUF FEMMES À LA HACHE

Le « massacre » n'a été que physique et fortuit. Ne m'interrogez pas sur le massacre à la hache ! — mon corps a pris le relais, et quand les corps prennent le relais, l'esprit s'envole au-dessus de l'horizon. Marteler, enfoncer, plonger, baiser, découper à la hache, quel rapport cela avait-il avec Bobbie Gotteson, qui existait dans le domaine spirituel ? Je ne les ai pas tuées seul, en plus, j'avais des disciples pour m'aider, à chaque moment épuisant où giclait le sang. L'hôtesse qui rampait sous le canapé pour m'observer n'hallucinait pas quand elle a dit que j'étais trois ou quatre ou cinq, à bondir partout dans la pièce. Elle avait raison. Mes disciples sortaient de ma tête quand je désirais qu'ils naissent, ils jaillissaient complètement formés même si tous ne faisaient pas ma taille ou mon âge (pour ce qui est de l'âge, ça allait de neuf-dix ans jusqu'à vingt-cinq ans et des poussières), et aucun d'eux n'était équipé d'une machette. Le plus petit et le plus chétif de mes disciples, un garçon qui n'offrait qu'une grossière ressemblance avec moi enfant, a dû attaquer sa victime avec un canif de rien du tout. Ça explique la confusion sur les « armes ». Ça explique pourquoi les témoins qui m'ont vu quitter le bungalow ont vu un seul homme (basané, la trentaine, soixante-dix kilos, vêtu d'un pantalon blanc et d'une chemise à pois rouge et blanc — une tenue appartenant à l'une des filles) tandis que l'hôtesse qui a survécu a vu plusieurs hommes.

Mais tout ça est matériel, brouillon, dégoûtant. Cette partie de moi-même ne m'intéresse pas. Les divers désordres du corps humain, bien que très naturels, m'ont toujours fait horreur et je dois alors prendre ma guitare afin de transcender mon désarroi physique. Sur un lit aux draps froissés et souillés, il m'est arrivé de composer une ballade originale, en repoussant mes cheveux de devant mes yeux et en grattant furieusement pour transcender le champ de bataille. *Bobbie, tu es si beau !* criaient certaines.

Donc ce n'était pas physique. Non. C'était spirituel. Le grand moment ç'a été quand j'ai senti s'effondrer l'ego de mon adversaire... Je l'ai senti, même si chaque fois c'était très différent. Parfois c'était le doux soupir d'une âme passant par la bouche... parfois c'était l'explosion d'une structure résistante, têtue, comme une bulle de plastique... et même si je n'ai pas infligé de mal destructeur à l'actrice Irma R. cette nuit-là à El Portal, j'ai senti le *clic !* de son ego quand il s'est brisé... je n'ai pas été surpris quand j'ai appris, quelques semaines plus tard, qu'elle était morte dans un accident impliquant seize véhicules sur l'autoroute de Santa Monica, causé par Irma elle-même quand la voiture s'est déportée de quelques centimètres sur la gauche alors qu'elle roulait à cent trente kilomètres à l'heure. Ce n'était pas que des femmes, non plus, même si leurs egos étaient bien sûr agréables à écrabouiller, il y a eu aussi des hommes ici et là pendant toute ma vie, qui sont morts dans mes bras ou devant mes yeux sans verser une goutte de sang, sans rater un seul battement de cœur, mais qui sont morts néanmoins alors que l'ego de Gotteson prenait son envol. Ils se sont rassemblés, ont ajusté leurs vêtements, se sont essuyé le front — et sont partis ! Cependant leurs âmes avaient été broyées, profondément broyées. Comme ce flic avait broyé ma guitare.

Vanbrugh et moi nous regardions tous deux les yeux dans les yeux, et *il* était le seul homme que je ne pouvais égaler. Mon regard louvoyait et se troublait, confronté au sien. Je capitulai. Je l'aimais. Le fils de Melva, seize ans, Curly, avait la mâchoire molle et un regard vitreux de camé qui me déconcertait presque — c'était comme de regarder dans les yeux d'un cadavre —, mais je réussis à le cramer, ce petit salaud. Et lors de la fête de campagne des Staunton pour le sénateur Rutland à Wildrose Canyon, je confrontai un rival qui essayait d'attirer Melva loin de moi, un type aux cheveux platine, à la mâchoire nerveuse mais aux yeux acier que je croyais bizarrement avoir déjà rencontré, peut-être en prison, ou alors dans l'une des unités psychiatriques où j'avais passé du temps, et pendant plusieurs moments tendus j'ai cru que le petit salaud allait gagner… Mais il n'a pas gagné. Il a perdu. Il a vacillé, plongé, s'est ramassé et a été réduit à rien par la volonté de Gotteson.

Quand je mourrai, ce sera à la suite de la fermeture de mes valves d'énergie *depuis l'intérieur*. Je me décomposerai pendant qu'ils me regarderont fixement, en essayant de me réanimer pour que je puisse retourner dans le couloir de la mort, ça sera un tel cirque, ils m'emmèneront en vitesse aux urgences pour faire repartir mon cœur avant que mon cerveau ne perde trop de cellules, quel bruit, quelle fureur, quel tintamarre de cloches et de hurlement de sirènes ! Mais depuis que mes énergies montent entièrement de mon âme, elles sont contrôlées de l'intérieur ; et aucune merveille technologique venue de Dehors ne va me remettre sur pied. Que le District Attorney (toujours prompt à sauter au plafond) proteste tant qu'il le souhaite, et menace même de lancer des poursuites pour négligence professionnelle contre les médecins qui ont tenté de me sauver mais ont bien sûr échoué ! — car bien que Gotteson se soit un peu planté en naissant, il ne faillira pas dans son agonie. Toute mort est bien sûr un suicide. Nous avons donc Gotteson dans sa victoire…

L'Assomption du Singe-Araignée.

14

PROGRAMMATION DES ÂMES

Danny Minx connu également sous le nom de Danny Blecher connu également sous le sobriquet de *L'Œil* m'a appris à programmer mon âme ; mais il a tellement plaisanté, il m'a tellement fait rire, que les leçons n'ont jamais vraiment été retenues. Pas avant que je me retrouve seul en Californie, à faire du stop sur la côte, dormant sur le sable durci par les coquillages, m'approchant furtivement des drive-in pour voir ce que je pouvais dénicher dans les poubelles ou pour mendier quelques miettes auprès des serveuses en minijupe, et ce n'est que quand je suis arrivé au Strip en quête d'un boulot que l'utilisation consciente des techniques de Programmation de l'Âme s'est concrétisée. Ces grands et beaux panneaux publicitaires sur Sunset Boulevard m'ont aidé. Je ne sais pas exactement comment. M'ont aidé à me connecter à quelque chose, à m'accrocher à quelque chose, tout comme ma guitare jouait toute seule… recevant de moi des mots comme si les mots jaillissaient de l'espace pour moi seul, parce que j'étais digne de les recevoir. Je pouvais régler mon programme-âme sur *Introspectif-Timide* ou *-Instable*. Le monde entier était prêt à être imaginé à cette époque. *Génie, Gentil.* Ou *Génie, Fou*. Mais l'été de mon ascension, quand on faisait quatre bœufs par semaine le soir au *Lucky Pierre*, je me réglais sur un style indéfinissable même si certains pourraient le qualifier de *Gitan aux yeux de biche, américain*.

Mais quand Melva et ses amies m'ont rencontré, elles m'ont pincé, câliné et léchouillé comme si j'étais le Hors-la-loi, le Diable, le Cheikh, et d'autres idées tordues de bonnes femmes pêchées peut-être dans les films ou à la télé, et ce n'est que pour les choquer et peut-être les dégoûter (Melva et ses copines aiment être dégoûtées) que je leur ai dit que j'étais en essence un Singe-Araignée, dans l'âme, avec une queue velue, courbe et rusée, fourrée dans mon pantalon. Melva a hurlé de rire et dit, bon sang, ses fils ne s'étaient pas trompés sur moi, ils avaient choisi un gagnant cette fois-ci — ces démons ! Elle m'appréciait beaucoup. Elle m'apprécia d'emblée. Je complétais son trio d'hommes, plus petit de quelques centimètres que les fils eux-mêmes, et tous les quatre on pouvait aller n'importe où, publiquement observés et sans éveiller les soupçons, Melva nous emmenait dans des restaurants végétariens, des cafés et dans les baraques foraines de Venice Park, bronzée et éclatante dans son pantalon flottant tout en jambes, tous parés pour bien s'amuser en famille.

Mais j'étais son chauffeur lors de la première quand on a discuté avec Richard S., le chercheur de talents qui s'occupait de Fritzie D. B., ce petit chanteur dégoulinant de mascara à la bouche guimauve dont j'avais dû me farcir tout l'été la gueule de quinze mètres de haut en face du *Lucky Pierre* : comme j'enviais Fritzie D. B. ! Comme moi il avait plus de trente ans, mais comme moi il en faisait dix-neuf. Mais ces paupières tombantes, cette bouche bouillie ! Quel salaud ! Et avec Richard S. dans un coin du hall, je passai adroitement en mode *Remplaçant de Fritzie*…

Et ce fut bizarre, la façon dont Richard S. reçut le message. Il le reçut vraiment. Il me fixa en clignant des yeux, tandis que Melva bavassait, il sortit même ses lunettes et les mit, pour me dévisager encore mieux, tandis que je le regardais dans les yeux en lui expédiant message après message, qu'il reçut tous. Je le sais. Mais Fritzie D. B. vit encore, il est encore vivant, il enregistre encore ses chansons et amasse les disques d'or, déjà millionnaire à trente et un ans ; c'est son agent qu'on a retrouvé mort, d'une overdose de quelque chose, dans son hangar à bateaux à Malibu. Il était de toute façon trop tard pour moi à l'époque, j'avais abandonné ce monde, alors… Oui, je pense que j'avais déjà fait le saut dans mon destin…

J'avais programmé sur *Vengeur*. Et *Héros-des-Gros-Titres*. Et même *Maniaque sexuel*. Et : *Le Singe-Araignée triomphe*.

15

AU-DESSUS DE LA MER

— quatre cent cinquante mètres. L'air était humide. Le soleil fit quelques sorties pendant que nous étions là mais dans les autres coins du ciel tout était humide et lourd. Le brouillard avançait comme un mur, mais ailleurs, là où je pensais qu'il n'y avait pas d'horizon, le soleil se levait. Les reflets du soleil bondissaient en tous sens et me donnaient le vertige.

Je leur dis : je déteste cet endroit. Je déteste le vent ici. Je suis donc resté un temps sur le siège avant de la Rolls-Royce, où j'avais dormi de toute façon, afin d'être seul et à l'écart de leur bruit et de leurs sourires. Melva est sortie pour me rejoindre, elle marchait pieds nus sur les graviers coupants, en grimaçant et marmonnant à mon intention. « Bobbie, il y a un arc-en-ciel. Le ciel est rempli par un arc-en-ciel. Bobbie, ça t'est égal ? » dit-elle. Je suis resté là, la tête sur le siège, sans dormir ni essayer de dormir, seulement rétamé, dans le cirage. Alors qu'elle tapotait contre la vitre, la pluie s'est mise à tomber. Melva avait une voix modulée et gémissante que je n'aurais pas dû entendre : « … fiançailles ou adoption ? … fiançailles ou adoption… ? »

Certains d'eux dirent : Allez, fiancez-vous ! — épouse-le !

D'autres dirent : Adopte-le !

Un de ses fils me voulait comme frère. Il pensait que ça serait marrant. L'autre fils, celui qui était défoncé, celui que je redoutais parfois, me voulait comme père. Il tira sur les bracelets de Melva pour que je puisse entendre. « Je veux un père. J'ai déjà un frère et je le déteste. Maintenant je veux un père. Je ne me souviens pas de mon père. Je veux un nouveau père — je veux Bobbie comme père. Je le veux, lui. Je le veux. » L'œil vitreux, la lèvre pendante, il me souriait et semblait voir des choses dans l'air entre lui et moi.

Le petit salaud. Il sera le premier à partir, pensai-je.

16

EXTASE

Certains tiraient sur les faucons. Paddy, Colette, June et une fille du nom d'Irma, qui devint un peu folle, elle imitait les oiseaux et leurs cercles menaçants toutes ailes déployées, dans une danse qu'elle inventa alors qu'elle dansait sur les dalles de la « terrasse d'atterrissage ». Melva était très jalouse d'elle. Vlad J. nous suivait partout, caméra à la main, un des gars de Melva a dévalé la pente jusqu'à la plage, il a glissé et a entaillé sa jambe nue sur une pierre, du sang s'est répandu. J'ai ri et je suis descendu pour aller l'aider — c'était le deuxième jour et j'étais encore puissant — et j'ai goûté son sang, j'ai plongé un doigt dedans juste pour l'éclate, et le gamin a blêmi.

Le soir, on entendait des serpents à sonnettes. On entendait des glissements et des frottements froids et menaçants. Dans la maison, c'était tellement le foutoir, ça sentait tellement les fringues et les affaires mouillées, que je ressortis pour aller dormir dans la voiture. J'aime dormir seul. Dehors, ma tête s'emplissait du martèlement de la mer, qui palpitait et donnait des coups avec ses grosses vagues, l'eau se brisait contre la plage et contre les rochers. Les rochers étaient gros comme des maisons. Je reportai mes pensées sur la fête et le tournage et me demandai : Gotteson était-il comme l'écume en bas, bouillonnant hors de l'océan Pacifique pour être ravalé par le néant… ?

Vlad J. disait qu'il ne pouvait voir qu'avec une caméra. Ne pouvait pas voir les choses nettement en trois dimensions. Ses yeux se fixaient sur les miens, à travers l'objectif. Il me dit : Bobbie, tu as le visage le plus fascinant… Ton corps est fascinant… Tu as grimpé ici, n'est-ce pas, grimpé depuis la plage ou hors d'un trou dans le sol, avec de petits débris de terre accrochés à toi, mêlés aux poils de ton corps, tes doigts impatients d'arriver jusqu'à nous… ?

Je fis la Danse de la Machette pour lui. Irma sortit en courant pour me rejoindre, les yeux fermés et le ventre à l'air. *Fais-le, fais-le !* me supplia-t-elle. Les autres reprirent le chant en chœur. Mais j'avais beau planer à cause du sang que j'avais sniffé, la fièvre s'empara de moi et je devins froid. Irma hurla : *Fais-le-moi, Bobbie !* Flottant à la surface de la piscine et entassés à une extrémité de la piscine se trouvaient les mannequins d'hier. Irma était comme de l'écume brassée et balancée sur moi, la salive coulait d'un coin de sa bouche sur son menton, les autres formaient un cercle autour et chantaient, tapaient du pied, le gentil Bobbie et la gentille Irma, pourquoi pas… ?

Pourquoi pas ?

Quelqu'un déclara que les charognards pouvaient voir la mort, pouvaient voir le moment où, *clac !* la mort succédait à la vie. C'est pour ça qu'ils tournaient sans cesse autour d'El Portal. Leurs yeux pénétrants et sans paupières ressemblaient aux miens. Pouvaient percer des surfaces qui restent une énigme à la vision ordinaire. Regardez, regardez — la vie qui cesse de pétiller, et regardez ! Bobbie qui fond sur sa proie ! Irma se précipita vers moi. Elle avait des traînées noires autour des yeux, ses globes étaient larmoyants, irrités, rougis. Elle allait de toute façon mourir dans quelques semaines. La mer et le ciel et toutes ces personnes qui chantaient d'une voix rauque étaient trop pour elle… elle était l'ex-fille ou l'ex-femme de quelqu'un… elle était « sous contrat » avec les Studios V. et n'avait pas eu de travail depuis six ans, était censée attendre, elle m'avait avoué en pleurant la nuit d'avant qu'elle avait été Reine quelque part — Davenport ? — le lycée de Davenport ? — Reine —, son beau visage et sa belle crinière noire lui avaient valu tellement de prix et d'amours et ce contrat avec Mr. V., mais maintenant elle était une très vieille femme, prête à mourir, elle avait vingt-deux ans et je t'en prie, Bobbie, est-ce que je voulais bien la tuer afin qu'elle puisse redevenir de minuscules particules d'humidité… ? Elle jeta ses bras autour de mon cou, mais j'éloignai la machette loin d'elle en expert que j'étais, si bien que les gens refoulèrent un cri, et si je n'avais pas été aussi stable dans mon centre de gravité elle nous aurait fait tomber tous les deux dans la piscine.

À ce moment le soleil fit une percée. Vlad J. courut vers nous.

« Oh, le soleil ! Le soleil ! »

Nous nous sommes frotté les yeux et avons mis nos lunettes fumées.

Tout le monde nie ces accusations, Bobbie. Tu racontes des mensonges.

Il est venu en personne. Il est venu rendre visite. Il est venu en visite. El Portal est à son nom, vous pouvez vérifier —

El Portal n'est pas à son nom.

Il est venu en personne jusqu'ici, il y a des photos de lui ! Ils ont tous sorti leurs appareils. Vlad J. a filmé l'atterrissage des hélicoptères. J'étais là. Quelqu'un a couru pour me réveiller, je gisais dans la pièce principale, la tête dans l'âtre là où la pierre était froide et reposante, et j'ai couru dehors malgré le soleil qui brûlait, et là le premier hélicoptère atterrissait... Ça m'a rendu dingue, le rugissement et le gémissement ! J'étais très excité ! Tout le monde en avait parlé — viendrait-il ou pas ? — même si c'était l'anniversaire de Melva et une autre occasion commune — mais un des fils de Melva m'avait confié qu'il avait complètement oublié Melva, qu'il était amoureux de quelqu'un d'autre et ne viendrait jamais dans ce taudis... Mais il était censé venir me rencontrer. Ce devait être notre rencontre.

T'es vraiment un taré, Bobbie. C'est lamentable, sérieux. Que toi, un zonard dénué de talent, un vrai loser de première venu du New Jersey, un petit salopard ingrat, un assisté aux faux yeux de gitan avec une voix de marc de café — que toi tu fantasmes sur une rencontre avec Vanbrugh, l'industriel millionnaire, l'inventeur millionnaire, le philanthrope millionnaire !

Le premier hélicoptère atterrit sur la terrasse. Plusieurs hommes en descendirent et encerclèrent la terrasse. J'étais un peu paumé à cause du grondement parce que je déteste les machines. Je n'ai rien d'un homme moderne et mécanicien ! Ils étaient en costume-cravate et savaient se tenir, Melva les a invités à entrer boire un verre, mais ils ont dit non, ils n'avaient pas le temps, ils devaient nettoyer un peu pour Mr. V. qui allait atterrir d'ici une heure, et tout le monde regardait tout le monde — tous débraillés, les yeux rouges et les cheveux en bataille après la nuit passée — et Irma s'est mise à pleurer et est retournée vers la maison en titubant. J'ai lissé mes cheveux avec mes mains. Ils ont demandé aux domestiques mexicains de faire le ménage et un des assistants de Mr. V.

et moi-même avons sorti les trucs de la piscine, il était très poli avec moi, et apprécia quand je dis que j'allais descendre dans l'eau pour récupérer les bouteilles et les bouts de bras et de jambes des mannequins qui flottaient, pour qu'il n'ait pas à mouiller ses manchettes de chemise. Puis ils ont vaporisé un truc. Ils ont expliqué que Mr. V. était très méfiant avec les scorpions. Je les ai suivis et j'ai aidé à déplacer les chaises, les tables et les parasols. J'ai dit que j'avais un pouvoir magique sur les choses venimeuses, que je pouvais prendre un scorpion et le convaincre de ne pas piquer. C'était une question de rythmes intérieurs. Il fallait ralentir les rythmes cérébraux à un tel degré que le scorpion se balance avec vous, hypnotisé. Ils ont été très polis avec moi et —

Bobbie, tout ça est un mensonge. Tu sais bien que tu n'as jamais rencontré ces gens. Ils le nient. La plupart le nient. Et si tu n'étais pas inculpé de meurtre au premier degré, pour avoir massacré à la hache une certaine Cynthia Pryce de Pasadena, en Californie, tu peux être sûr que la Société Vanbrugh te le ferait payer cher —

Je l'ai vraiment rencontré. Je les ai tous rencontrés. C'est sur la pellicule, mais je ne peux mettre la main sur le film et je ne peux pas en tirer de royalties. La fille de Pasadena n'a rien à voir avec tout ça. Je ne la connais pas. Je l'ai rencontrée dans un bar. Elle m'a suivi quand je suis parti. C'était une hôtesse pour TransContinental Airlines et dans ma tête j'ai confondu et cru qu'il s'agissait de sa compagnie aérienne à lui — je déteste les machines et suis incapable de me rappeler leurs noms —, quelque chose a bondi en moi, comme un rondin qui surgit à la surface d'un courant violent et rapide, et j'ai pensé : Hé pourquoi pas, hé, pourquoi ne pas rentrer chez moi avec cette petite poupée et l'aimer un peu, et peut-être, peut-être qu'elle est une petite fille à lui et qu'elle pourra aller plaider ta cause, Bobbie... parce qu'à ce moment-là j'étais fauché et désespéré et tout le monde avait claqué la porte au nez de Bobbie. Je touchais le fond, alors. Je ne connaissais pas son nom et, dans le bungalow, dans la pièce principale où elle me montrait tous les disques de ses amies, nous avons batifolé, puis une brume a envahi mon cerveau comme quand elle monte de la mer. J'ai été malade. Très malade. Malade à en vomir. Et donc certains pouvoirs m'ont fait défaut et aucune programmation d'âme n'a marché, et la fille s'est mise à s'agiter partout comme si elle était folle, moi je bondissais en tous sens comme s'il y avait eu plein d'autres moi, en moi, entassés en moi... comme une femme bourrée de bébés, de bébés rats ou de bébés écureuils ou de taupes ou... ou de choses qui creusent pour sortir, vous savez, et sont prêtes à utiliser leurs dents si elles n'arrivent pas à sortir. Quand je suis revenu à moi, les lumières dans la pièce ne marchaient plus et la hi-fi braillait, des tambours et des missiles fusaient des deux coins de la pièce, j'ai rampé sur les disques brisés et les coussins avec leur bourre déchiquetée et j'ai vu ce mannequin de couturière avec une seule chaussure et une autre enlevée et beaucoup de sang, plus une drôle de lueur rouge venant de la hi-fi où il y avait ce petit bouton rose écarlate, vous savez, en plastique, qui s'allumait pour vous dire qu'il y avait encore du courant électrique là-dedans... Mon esprit s'est entrouvert et m'a sommé de me redresser sur un coude, pour chercher des yeux la caméra. Quelqu'un pouvait-il être tapi dans la cuisine, dans l'obscurité ?... hein ?... était-ce le petit Vlad J. aux yeux de chouette qui m'aimait tant, et avait presque jeté Irma dans mon nid dans l'âtre ?… ou quelqu'un du studio, Le Studio, qui voulait quelques centaines de mètres de pellicule de plus pour se faire une idée ? Mais je n'avais plus ma guitare ! J'avais encore la Machette avec moi, que je trimballais d'habitude enveloppée dans des longueurs d'un tissu écru qu'une fille m'avait donné, ramené de Taos, pour aller avec ma belle allure primitive, mais où était la Machette… ?

Le mannequin tout maculé de sang était couché dessus. Le manche dépassait. Rouge bizarre, rouge brillant, une lueur sinistre rose écarlate. Il luisait dans le noir. Je rampai vers elle et lui dis : « Chérie, tu ne m'as même pas dit ton nom », et ce n'est que plus tard ce jour-là quand je me suis enfui et que je mangeais un burger tamale dans un drive-in du Strip, à côté d'un connard d'ado et de sa Ferrari jaune vif avec la radio à fond, que j'ai entendu le bulletin d'info, mais alors… alors tout souvenir s'était évaporé et je ne ressentais qu'un vague intérêt, vous savez, le genre d'intérêt que vous ressentez quand vous entendez parler de quatre ou cinq hôtesses assassinées dans un bungalow qu'elles louaient à Pasadena et où les voisins jurent que la police a fait trois descentes au cours des trois derniers mois à cause de la drogue, des fêtes délirantes et du tapage nocturne, alors oui je n'éprouvais pour tout ça qu'un vague intérêt de bon citoyen, parce que mon vrai moi était avec ma musique, mais ma musique était désactivée comme tous les pouvoirs qui allaient avec, que j'ai perdus en grimpant la paroi de la maison de Vanbrugh tandis que ces salauds étaient tous là à applaudir et crier et ricaner —

Bobbie, tu mens. Tu n'as jamais été chez Vanbrugh ; cette maison en dehors de Lucia n'est pas à lui. Pas selon les registres du comté. Tu n'as pas rencontré Vanbrugh, pas Vanbrugh en personne. Tu as rencontré un de ses assistants. C'était une plaisanterie. C'était une fête costumée. C'était une fête de Mardi gras. C'était une plaisanterie organisée par Dewey L. du Studio pour punir Melva qui était allée raconter qu'il avait dû vendre sa maison et emménager dans un quatre-pièces de Junior Estates près de Mulholland Drive, parce qu'il était victime d'un chantage lié à un réseau de contacts complexe, le dernier étant l'ami d'un dealer mort à Berkeley qui possède certaines photos embarrassantes impliquant le garçon mort et la fille de Mr. L... C'était donc un coup monté, Bobbie, pour berner tous ceux d'El Portal, juste quelques acteurs déguisés en gardes de Mr. V. et cet acteur de composition décrépit et dégénéré des années quarante, Edwin E., qui jouait le rôle de Vanbrugh. Quelle farce ! Quel méli-mélo !

Je l'ai regardé droit dans les yeux. Les yeux dans les yeux avec lui. Je l'ai vu. J'ai vu. Ils ont dû l'aider à descendre l'échelle, il ne devait pas aller bien. Il marchait penché un peu d'un côté... son épaule droite était plus haute que son épaule gauche... Il portait un masque de gaze qui cachait tout son visage sauf ses yeux. Un de ses assistants l'aidait... et il s'est approché d'une table qu'ils avaient installée pour lui, les Mexicains étaient tous vêtus de blanc à présent, les costumes souillés de sang et d'entrailles d'hier avaient disparu et à la place c'étaient des costumes blancs propres et amidonnés, des gants blancs, et même les vautours qui tournaient lentement paraissaient le regarder. J'ai senti mon centre de gravité basculer.... J'ai senti un étrange tiraillement dans mon cerveau, où tant de choses avaient été entassées, tant de santé mentale, senti le besoin de courir vers quelqu'un et de lui agripper la cheville en hurlant comme un loup, de me rendre enfin, oh doux Jésus… après tant d'années… de me rendre plutôt qu'elles se rendent elles, qu'elles se livrent à moi avec leurs petites fentes noires et humides qui en avaient après moi, après *moi*, de même que quelques semaines plus tard leurs petits pores moites me supplieraient à grands cris de les ouvrir, mais quand *il* est venu à moi, quand le deuxième hélicoptère a atterri et que le tourbillon cyclonique s'est calmé et que son jeune assistant tout gentil et poli en costume bleu et cravate bleu foncé et chemise blanche m'a conduit jusqu'à la table, même s'il était âgé comme je m'en rendis compte, et marchait non sans mal, grisonnant et déjà déplumé, si ordinaire que la terrasse et les hélicoptères et les colonnes de brouillard décapitées avançant vers nous se changeaient en autre chose, les cris des oiseaux changeaient, tout était exagéré, haletant, brûlant de soleil, et bon Dieu mais où était ma guitare ? — où l'avais-je laissée ? — quand ça se produisit je sus que je ne serais plus jamais le même. Je restai là, hypnotisé. Il s'assit, il nous regarda. Un domestique déboucha une bouteille d'eau et un autre déboucha une bouteille de vin californien, pendant qu'il regardait attentivement et indiquait d'un habile mouvement de son index — il portait des gants noirs — jusqu'où ils devraient verser le breuvage dans un gobelet, et j'ai cru entendre un message mental fuser partout en chacun de nous : *Reste où tu es jusqu'à ce qu'on te libère !*

17

LE FILM-PILOTE DE GOTTESON

Ils se remirent en mouvement.

Le temps et les vagues firent de nouveau palpiter les choses, et de petits ricanements hésitants échappèrent aux filles. Le bruit revint. Il fit alors signe à Melva d'approcher et pendant trois quarts d'heure elle resta accroupie à côté de lui, sans oser s'asseoir, et tous deux s'entretinrent à voix basse et je vis le visage de Melva changer, vieillir, se flétrir, devenir verdâtre et métallique puis s'éclairer à nouveau et devenir le visage d'une jeune femme de vingt-cinq ans toute souriante et admirative devant le visage enveloppé de gaze d'un homme qui était descendu pour elle du ciel et remonterait bientôt mais entretemps la touchait presque, touchait presque ses joues constellées de larmes, tandis que ses assistants allaient et venaient parmi nous en disant gaiement : Ne restez pas là avec cet air effrayé ! — vous pourriez passer un peu de votre chouette musique ou certains d'entre vous pourraient nous divertir — il n'aime pas les choses trop élaborées ou compliquées, juste des claquettes ou même de la danse de salon s'il y a assez de place — ses goûts sont très simples ! Nous étions tous intimidés jusqu'à ce que Paddy se racle la gorge et dise : Sacrénom, ça me rappelle des trucs, puis il a inspiré pendant deux-trois-quatre laborieuses secondes, s'est passé la langue sur les lèvres et a fixé de ses yeux striés de rouge un point situé à quelques centimètres à gauche de la table de Mr. V. et s'est lancé dans un petit numéro de danse comme je n'en avais encore jamais vu. Il a perdu l'équilibre et tout repris depuis le début. Quelqu'un a dit : T'es encore dans le coup, Paddy ! Et une autre personne, une blonde d'âge moyen au bord des larmes qui m'avait suçoté les orteils la nuit d'avant, s'est débarrassée de ses chaussures et s'est mise à imiter Paddy dans sa danse, en étendant les bras et en fixant son doux regard vitreux au loin, et tous deux ont dansé soigneusement, en souriant, en faisant mine au début de ne pas avoir conscience de l'autre puis en se plaçant l'un en face de l'autre à une distance d'au moins trente centimètres, tandis que Colette, qui fredonnait tout haut, finit par chanter, vite rejointe par les autres —

Et un, et deux, et doum-di-dam deux —

Mais où était ma guitare ?

Vlad J. a passé un bras autour de mon cou et dit tout bas : « Chéri, ne perdons pas de temps, j'ai une proposition à te faire, que nous voulions tous te faire, et c'est le moment idéal, explorons les possibilités d'une comédie, une série dans laquelle tu jouerais le rôle… un rôle opportun, j'ai le feu vert d'un producteur très intéressé au Studio, qui malheureusement n'est pas avec nous pour l'instant, mais un rapide coup de fil pourrait le faire venir ici s'il savait… qui est là. Bon bref, c'est un rôle des plus opportuns et Melva s'est défilée parce qu'elle a ce côté troubadour, ce côté barré têtu, mais j'ai l'intention de passer par-dessus Melva et de courir le risque et de te faire une proposition, mec, parce que je sais que tu n'as pas d'agent, et ne crois pas aux agents, mais écoute un peu, chéri, voici l'idée qu'on a été quelques-uns à concocter : une série où tu serais le faire-valoir de la vedette, celui qui récolte tous les rires ou la plupart, celui qui en quelque sorte vole les scènes, tu vois, jusqu'aux cinq dernières minutes quand les choses s'arrangent et que le drame se prépare pour le dénouement, mais de toute façon tu as le talent fantastique naturel incroyable d'être si foutrement drôle... je veux dire en plus de tes autres talents... mais ça va être une série pour la famille, tu sais, pour la télévision. Pour la télévision. Et certains d'entre nous se sont dit, bon sang, ç'a presque été une pensée collective, que je devrais peut-être tourner un pilote pendant qu'on est tous ici, en famille, tout le monde se connaît bien maintenant, on ne se gêne plus trop, et maintenant que Mr. Vanbrugh est parmi nous, c'est une occasion idéale ! — je gagne suffisamment en six semaines pour financer le reste de mon année, alors je peux faire le genre de film que je veux vraiment... et le genre qui est pour ainsi dire dans ma nature... *mon unique, mon inexplicable nature qui exige qu'on lui donne une forme visuelle*... Et donc, chéri, la proposition que je te fais c'est — »

Je le repoussai.

Je tournai les talons et filai vers la maison.

Je pleurais déjà, de gros sanglots furieux, et derrière moi ils ont arrêté de chanter et de danser et ont dit : « Mais que... ? Qu'est-ce qui va pas... ? Qu'est-ce qui s'est passé... ? »

J'ai traversé le vestibule en courant et j'ai glissé sur les tapis en fourrure blanche et je suis presque tombé, mes yeux étaient brouillés par les larmes, mais je me suis redressé et j'ai traversé le vaste salon enfoncé et le couloir avec ses tapisseries espagnoles et ses icônes, et dans ma colère j'ai renversé une statue de son piédestal, je me suis précipité dans une des chambres du fond et j'ai déchiré le couvre-lit, une lourde couette primitive avec pour motifs des couguars et des aigles américains et des sapins, et j'ai jeté les oreillers en en déchirant un avec mes dents pour que les fines plumes blanches et duveteuses tourbillonnent partout, et j'ai entendu quelqu'un m'appeler, *Oh Bobbie !* et mon esprit a eu un passage à vide et j'ai essayé de ramper sous le lit, parce que je me souviens d'être resté allongé là-dessous avec les yeux fermés pour refouler mes larmes, et des moutons de poussière entraient dans ma bouche quand je respirais et s'éloignaient de quelques centimètres quand j'expirais, et Melva en personne était agenouillée devant le lit et disait : « Oh, Bobbie, il t'a vexé... ? Oh Bobbie ! Oh bon sang, je lui ai dit de me laisser te parler. C'est un Russe, il n'a jamais appris les nuances de notre langue... ne fais pas attention à lui, Bobbie, je t'en prie sors de là... je t'en prie ne pleure pas... Mr. Vanbrugh t'a vu partir en courant et il est très, très contrarié, il ne supporte pas qu'on soit triste en sa présence, c'est un homme merveilleux et généreux et qui ne rencontre que très rarement des gens intéressants comme nous, d'habitude il est entouré par sa brigade de crétins d'avocats de Harvard qui dressent une barricade infranchissable... Bobbie, mon chéri, tu m'écoutes ? Mr. Vanbrugh veut te voir jouer. Mr. Vanbrugh *en personne*. Il te réclame, il est là-bas en train de demander que tu reviennes... il est furieux contre Mr. Vlad qui t'a perturbé, et Vlad peut très bien perdre sa place si un des assistants de Mr. V. le prend en grippe, mais tu pourrais tous nous rendre heureux... et toi aussi, si heureux… si tu voulais bien revenir, chéri, et nous montrer à quel point tu es drôle. Ils n'ont pas encore défini d'intrigue, pour cette comédie, et ils n'ont pas l'acteur principal, mais ça ne sera pas compliqué d'en trouver un — un jeune blond, grand, au visage lisse et ennuyeux, peut-être un surfeur, ou un chanteur avec une belle voix — et toi, Bobbie, tu lui volerais les scènes ! Est-ce que Vlad t'a parlé de tout ça ? Chéri, je t'en prie reviens ! Pardonne à Vlad, devant Mr. V., afin qu'il n'ait pas d'ennuis ! Nous formons tous une grande famille, même ceux d'entre nous qui ne se connaissent pas bien entre eux, c'est une grande fête, chéri, alors je t'en prie ne te braque pas… Mr. Vlad a cru que tu étais un de mes fils, il semble te trouver un peu plus jeune que tu l'es… Alors reviens, chéri, laisse-moi t'essuyer le visage… voilà, ça c'est mon gentil Bobbie à moi, oh oui… oui, sors de là-dessous… Tu as pleuré et ton visage est tout sale. Laisse-moi te le nettoyer, chéri, pour que Mr. V. puisse voir quel visage étonnant tu as… Quelle personnalité ! Quelle structure osseuse ! »

18

L'ANNIVERSAIRE ET LA MORT DE LOUISE D.

Ce sont des clins d'œil et des coups de coude télépathiques qui m'ont conduit jusqu'à elle.

Je peux modifier ma propre chimie sanguine pour libérer du sérum de vérité dans les veines, afin de ne pas mentir, parce que je méprise les menteurs et n'aimerais pas en faire partie. Je ne mens pas. Ce sont des rayons télépathiques qui m'ont attiré jusqu'ici, et non de vieilles rancunes contre elle. Je ne la connaissais pas. Je ne l'avais rencontrée que par un pote, qui avait été son patient dans je ne sais plus quel hôpital, et il nous a présentés un matin à une fête, en répétant sans cesse : « Louise, tu adorerais Bobbie ! Il est impossible à analyser, notre Bobbie ! » Elle était plus grande que moi, ce qui m'a déplu, parlait trop fort, était trop robuste et plaisantait trop, la trentaine, elle avait pris un truc et pestait contre des salauds du corps législatif qui essayaient de réduire les fonds alloués aux institutions psychiatriques, ce qui voulait dire qu'elle risquait de perdre son job, quel qu'il fût, et elle n'arrêtait pas de se balancer et de poser ses mains sur moi, mais ce matin-là je ne quittais pas des yeux une blonde aux jambes maigres et au visage étroit avec des yeux flous et tristes qui était pieds nus et seule et avait besoin qu'on la prenne en main un week-end, peut-être, et du coup je ne prêtais guère attention à Louise D., parce que j'avais ma dose côté grandes femmes énergiques joviales-pleureuses avec Melva et ses amies même si bizarrement j'aimais bien Louise D. et me disais que, bon, peut-être, si elle était ma sœur ou quelque chose du genre, elle pourrait m'aider, en me parlant confidentiellement et calmement comme m'avait parlé la thérapeute dans le Nevada : j'avais apprécié son souci de me mettre à l'aise. Mais il y avait beaucoup de monde dans la maison et la blonde maigrichonne me matait elle aussi, m'envoyait de petits messages-fléchettes terrifiés — *Au secours, aime-moi, prends-moi en main* —, alors Bobbie s'est excusé et s'est dirigé vers la gamine. Et il ne l'a pas regretté, d'ailleurs, parce que c'était Bébé Sharleen et un contact important.

Mais les yeux brillants et liquides de Louise sondaient mon âme, si bien que je rêvai très nettement d'eux une nuit alors que j'ignorais même que j'avais dormi, quand j'avais déjà perdu la guitare et gisais sous des buissons dans un jardin avec mon sac à livres sous la tête, un sac plein d'affaires personnelles, dont la Machette, bien sûr, enroulée dans ses mètres de tissu indien spécial. C'était trois ou quatre ou peut-être cinq jours après le bungalow de Pasadena et les filles qui en fait n'étaient pas des hôtesses de la bonne compagnie aérienne, mais tout ça était flou et sans importance.

Je vis les yeux de Louise D. se poser sur moi. Faire le point. Je me redressai et me frottai le visage.

Au début je ne reconnus pas ses yeux. Je les laissai se concentrer en moi. Je ne me sondai pas, ne posai pas de questions. Une étincelle d'excitation se forma, mais je n'y fis pas attention. J'en avais fini avec l'amour. (« … adieu à l'amour / aimer… »)

La puissance d'aimer m'avait quitté, depuis que j'étais tombé de cette tour ou tourelle, quel que soit le nom que lui donnaient les gens à El Portal, escaladant les vignes qui se révélèrent mangées par les insectes, tandis que le public m'applaudissait m'acclamait m'encourageait, saletés de consommateurs — et donc je détournai violemment mon esprit loin de cette partie de mon corps. Même si personne ne me croit, je me dois de le répéter pour mémoire : je n'ai jamais apprécié ce genre de comportement.

Rires incrédules indignés étouffés dans la salle du tribunal.

C'est vrai ! Je ne l'appréciais pas !... Les autres, si, les filles et les femmes et les spectateurs dans ce tribunal et les hommes jeunes-vieux tout baveux, même Danny, même mon maître Danny, mais moi jamais parce que, on a beau enjoliver c'étaient des bouffonneries de singe, des ruses de singe, des manœuvres et magouilles de singe-araignée noir pour gagner quelques dollars. Hormis pour la perte immédiate de mes contacts — ils m'ont tous déserté, les cons ! —, je n'étais pas gêné par la chute et le choc encaissé par mes vertèbres et mes glandes et la partie de mon cerveau qui sécrète des jus puissants, même leurs rires ne me gênaient pas... même si parfois ces rires rauques me reviennent ici dans ma cellule ou au tribunal... Cette crucifixion ne me gênait pas parce que seul Mr. V. ne riait pas, même si on peut me rétorquer qu'il avait tout manigancé. Non, pour mémoire il convient de dire que rien ne me gênait de ce qui arrivait au Singe-Araignée. Mais ma musique, mes pouvoirs de musique ! — mon âme !

Pensiez-vous, Bobbie, que Louise D. allait vous aider ?

Oui. Non. Je ne sais pas. Je me disais… Je me disais que peut-être… peut-être qu'une grande fille comme elle, une grande sœur, peut-être qu'elle pourrait… qu'elle allait s'asseoir et me faire du thé ou je ne sais quoi, et que je pourrais lui parler de la guitare qui était brisée, de tous mes contacts qui avaient quitté la ville quand je les appelai, de Melva qui s'était envolée pour Majorque avec ses fils et quelqu'un d'autre dont je ne réussis pas à découvrir l'identité, parce que les gens me mentaient de partout !… et je pourrais lui expliquer pour les hôtesses et comment le son amplifié m'avait donné des pouvoirs dont je ne voulais pas vraiment, envoyés jusqu'à moi par l'âme d'un groupe rock, et comment la Machette avait agi de son propre chef, tranchant et disant : « Qui c'est maintenant ton petit ami singe tout mignon, ma chérie, qui c'est ton singe de location portable branchable sombre et incandescent ? » pendant qu'elle donnait des coups de pied et essayait de passer le seuil en rampant… Et ce fut un tel fiasco ! Une telle pagaille ! Et je me disais que Louise machin-chose allait comprendre tout ça, parce qu'elle avait fait une telle impression sur mon copain qu'il traitait souvent avec elle ; et il se pointa un soir chez elle avec un casque de flic qu'ils avaient pris à un flic, lui et d'autres types, et il plaisanta avec elle en disant : *Hé Louise ! — on a tué un flic ce soir ! — on a tué un sale flic ce soir, tu veux fêter ça ?* — Et bien sûr elle avait gardé son calme et demandé aux types de partir s'il vous plaît, elle avait sommeil et les voisins allaient les entendre, c'étaient de vrais concierges, s'il vous plaît partez les gars et pas de chambard, vous ne voulez pas avoir d'ennuis… Alors je me suis dit que j'allais filer la voir.

Et est-ce qu'elle vous a laissé entrer ?

Oh oui ! Elle a ouvert la porte et m'a reconnu, elle était comme une infirmière, une mère, une enseignante, une dame aux gros seins plus vieille que moi et plus sage, elle était là dans un peignoir en flanelle vert avec quelque chose de blanc et d'écaillé sur le visage… Elle m'a reconnu tout de suite. Elle a dit : *Oh ! mais entre, tu es l'ami de Jerry le chanteur, qu'est-ce qui ne va pas ? — pourquoi tu as l'air si abattu ? Tu joues toujours au* Lucky Pierre *? Tu es seul ?*

Elle nous a servi un verre à chacun même si je ne bois pas et elle a respiré rapidement et bruyamment, ses épaules grassouillettes penchées en avant, pour ne pas rater un mot, et je lui ai parlé en pleurant de la fois où j'avais dû me cacher parce que j'avais l'air si mal en point, je lui ai parlé des descentes dans les poubelles derrière les restos et les supermarchés, quand je plongeais les mains dans la viande avariée pour trouver des fruits et des légumes parce que je ne voulais pas manger de viande crue seul sans personne autour pour remuer en rythme avec moi, et elle a paru comprendre, ses yeux se sont remplis de larmes quand j'ai raconté comment je m'étais hissé dans une benne de l'Armée du Salut (même si ça remontait à dix ans, à Newark) pour prendre des vêtements, et avais manqué tomber dedans, la terreur que j'avais alors ressentie, et mon esprit bondissait dans la cuisine où nous étions assis et j'eus soudain l'impression que cette cuisine m'était familière, et que les paroles que je prononçais étaient enregistrées, sur une bande, préservées quelque part dans la mémoire de quelqu'un qui n'était pas vraiment là dans la pièce avec nous, mais qui était peut-être lié à cette Louise D. qui travaillait pour une clinique psychiatrique et en qui je ne pouvais pas avoir confiance... Mon esprit est allé gambader sur une de mes mères, et puis sur une autre d'entre elles, et s'est de nouveau concentré sur Louise D. qui me fixait avec un étrange petit sourire qui ne découvrait qu'une partie de ses énormes dents de devant laiteuses, et je l'ai entendue dire : « Bobbie, n'aie pas peur maintenant, Bobbie, Bobbie, reste là... ne bouge pas... J'ai un ami, il est médecin, j'aimerais l'appeler, il peut t'administrer quelque chose, tu sais, t'aider à dormir si tu veux dormir, sur mon canapé peut-être, tu es le bienvenu si tu veux dormir sur mon canapé... j'aimerais vraiment que tu te reposes ici... Alors si tu veux bien te détendre et boire tranquillement ce verre, à moins que tu préfères du lait... Je pourrais faire chauffer du lait... du lait au chocolat... Et alors on pourrait parler de tout ça plus calmement... et ensuite... eh bien... »

Mais je l'interrompis. J'essayai de lui expliquer à propos du film-pilote, comment je m'en étais bien sorti, marchant sur les mains et bondissant en tous sens, et quand j'avais commencé à escalader, en vrai singe, la paroi de la maison, comment je tenais tout le public en haleine, et si jamais elle se levait de cette chaise de cuisine je lui trancherais la gorge, et je n'avais pas besoin d'un ami médecin pour m'endormir, non merci, même si j'allais peut-être accepter son offre d'une sieste sur son canapé parce que j'étais très fatigué. Elle était sur le point de se lever d'un bond, mais je lui décochai un de mes vieux sourires tranchants qui devaient être un réflexe génétique, une caractéristique programmée, vu que je n'avais jamais connu personne En Dedans ou Dehors capable de sourire comme je le faisais ; du coup elle s'est rassise. Elle n'était pas très jolie. Je ne sais pas pourquoi j'avais cru qu'elle était jolie. Sa peau était jaunâtre comme celle de Melva parfois, tôt le matin quand son maquillage était aigri et recouvert d'une pellicule de sueur, ma langue avait alors un drôle de goût, mousseux et désagréable. *Tout ce que je voulais, Louise, c'était être en haut de l'affiche — était-ce trop demander ?*

Poème pour Louise

Le nageur olympique qui nage et triomphe
L'épervier qui plonge pour triompher
Gotteson pleurant dans la poussière sous un lit
Ou embrassant les poils laissés sur un tapis
Ou chauds et bouclés de vie
Ou tout collants sur la lame de la Machette

Tu ne ressemblais pas au salaud
Qui m'a fait une injection à Reno
Ni à « Louise D. » en première page
Sous le gros titre CINQUIÈME MEURTRE
Mais comme Gotteson en manque rampant sur
le Strip
Et comme le sauteur à la perche olympique sautant
Comme Jésus cloué au poteau de l'Omniscience
Nous vivons jusqu'à la dernière seconde
En un seul et grand triomphe

Je m'adressai à elle d'un ton calme et rapide. Je savais que je n'avais pas beaucoup de temps. Je lui dis que Gotteson sans sa guitare était dangereux, que se frotter à moi reviendrait à se frotter contre un scorpion, tendu, chargé, et que mon problème avait toujours été les gens qui me collent de trop près, causant des parasites qui interfèrent avec les pouvoirs naturels, tombant sous mon charme et me réclamant de l'amour, même pour des corvées maritales, de petites corvées intimes comme épiler les sourcils d'une femme dans une salle de bains embuée avec de la musique en fond sonore... Je lui parlai de la clinique où quelqu'un m'avait traîné, à Newark, quand j'avais dû rester assis sur un banc pendant une heure et demie, j'avais pissé dans mon froc, et les autres gamins se sont mis à ricaner, l'un deux était un crétin d'un mètre quatre-vingts qui agitait son doigt devant moi. L'air dans cet endroit étouffant et chauffé à la vapeur avait explosé en éclats de lames de couteau, qui volaient partout, et même le petit Bobbie lui-même ne pouvait échapper à leur courroux ! *Louise, reste calme. Louise, ne bouge pas.* Elle s'est mise à pleurer. Elle a dit qu'hier c'était son anniversaire. Je lui ai demandé : Quel âge ? et elle a secoué la tête lentement comme si elle n'avait pas entendu, et j'ai dit : Chérie, je ne te donne pas plus de trente ans, et elle n'a pas commenté mon compliment, elle est restée là à regarder fixement mes mains, que je devais contrôler pour qu'elles ne remuent pas hypnotiquement, une sale habitude à moi que je devais tenir d'un de mes amis du showbiz. Je parie qu'elle était très gentille avec ses patients, ai-je dit, elle avait ce genre de gentil regard de grande sœur enjouée qui comptait tant pour les gens malades, surtout les hommes. Mais les étincelles jaillissant de mon cerveau étaient un peu trop pour nous deux, je pense qu'elle pouvait les sentir, elle se mit à trembler et fixa mes mains, et j'essayai de ne pas élever la voix à cause des voisins (je savais bizarrement que les voisins étaient de vrais concierges) et lui expliquai que j'étais encore cet enfant sur le banc à Newark, encore innocent bien que souillant mon pantalon et en proie aux moqueries, même si maintenant que j'étais un adulte je pouvais frapper ceux qui se moquaient. Elle dit tout bas qu'hier c'était son anniversaire… et je lui dis : Maintenant hier c'est fini… il est trois heures et demie du matin et c'est un nouveau jour pour toi… et de toute façon tu n'as pas envie de refêter ça, non ?

Dans cette cuisine nous avons tous deux appris que Dieu est un Taré comme moi : plus futé et plus branché que moi. Ma chanson la plus enlevée et la plus folle me revint dans un torrent de mots tel un orgasme *Haine haine haine haine haine haine haine pitié.* Vous commencez par *Haine* et finissez par *Pitié.* Et donc, à coups de hache, je l'ai libérée de son être féminin, prisonnier d'une grosse masse de chair crue parfumée à la poudre de lilas achetée au drugstore du coin, on s'agrippait l'un à l'autre et on roulait sur le lino glissant, Gotteson sachant au fond de son cerveau la vérité des mots d'une toute petite vision cartoonesque de Gotteson, l'informant qu'il *parlait beaucoup trop bordel et maintenant regarde !* Mais le Dieu de la Nuit était plus futé que moi, et les énergies qui m'assaillaient eurent raison de Gotteson et je partis en rampant épuisé et dégoûté avant quatre heures du matin, sans que personne s'en rende compte. Si les voisins entendirent quelque chose, ils ne se manifestèrent pas.

L'Avocat de la défense demande à ce que soit rayé du compte rendu le fait que l'accusé a fait des références à « Dieu ». L'Accusé, c'est-à-dire le Taré, proteste qu'à cette époque de sa vie il croyait, et eut soudain accès à la connaissance, à la vérité de la Folie de Dieu pour l'Homme, pour Tout de l'Homme (et pas qu'en partie), et de la capacité de Dieu à dépasser l'homme en Imagination et Exploits fantastiques. Il voulait honorer Dieu ! Il voulait certainement honorer Dieu, comme un Taré en honore un autre ! — Mais le tribunal est bruyant, le Juge donne des coups de marteau, le caméraman de la télévision ne sait pas sur quel visage zoomer, le Taré reste abattu et impuissant dans son costume à trente dollars trempé de sueur, qui pendouille sur son corps émacié et est si différent des vêtements de croisière qu'il portait il y a quelques mois seulement. Il ne peut même pas se rappeler une femme du nom de « Louise D. » et bien qu'il ne soit pas jugé ici pour son meurtre (une femme à la fois !) il est vraiment navré de l'avoir oubliée. Il se souvient d'un peignoir vert. Il se souvient d'une dent de devant légèrement proéminente.

Ainsi donc, Bobbie, dans vos activités de tueur vous avez suivi le même modèle de base de promiscuité adopté tant d'années auparavant, quand jeune vous étiez en détention juvénile… ? À cause de vous, ou à cause de garçons comme vous, des maladies sont répandues sur tout le continent. Il y a une épidémie de maladies, n'est-ce pas ? Ce que nous vous demandons, Bobbie, c'est juste ceci : pour autant que vous le sachiez, est-il possible que vous ne soyez qu'un pion ? — un instrument ? — que vous et des garçons malades comme vous soyez en fait utilisés par des forces intelligentes pour infecter le continent américain avec des maladies débilitantes et nocives pour le cerveau… ?

Non.

Mais c'est une possibilité, n'est-ce pas ? Nous trouvons remarquable que quelqu'un d'aussi dégénéré que vous, d'aussi mentalement déficient que vous l'êtes d'après votre dossier et que le confirment vos regards ternes, puisse répondre à cette question avec autant d'aplomb !

Pendant toute ma vie je me suis inquiété à ce sujet — au sujet des influences. De la façon dont la lune agissait sur l'océan, et dont elle pouvait agir sur moi. Après la séance orageuse dans la cuisine de Louise, quand j'ai dû perdre conscience pendant dix, allez disons quinze minutes, après avoir eu l'impression de traverser le plancher et de continuer à tomber, en agitant les bras et les jambes, en fendant et plongeant, tout haletant, oh bon sang, j'ai dû faire mon examen de conscience. J'étais effrayé. J'ai mendié quelques pièces près du *Brown Derby*, le portier a paru me reconnaître et m'a demandé des nouvelles de Melva, je lui ai menti et j'ai dit qu'elle passait quelques semaines dans un institut de beauté au nord de San Diego, j'espérais qu'il ne remarquerait pas le ton de ma voix peu convaincant ou les griffures sur mon visage, et je me suis éclipsé en m'excusant dès que j'ai pu réunir quelques dollars, puis je suis allé dans un asile de nuit dans le centre pour me laver et me raser et j'ai pris une douche glacée pour me donner un coup de fouet et me forcer à réfléchir. Je devais réfléchir : dans quelle direction allais-je ? Ça m'avait toujours agacé, d'assister aux étranges pouvoirs de la lune, au flux et au reflux des marées, et d'appliquer ce phénomène à ma propre vie, de penser que peut-être quelqu'un ou quelque chose m'influençait à mon insu. J'ai toujours reçu la musique avec gratitude. Je l'avais « reçue » sans poser de questions. Mais ces récents événements, la Machette soudain animée d'une telle vie, fendant tranchant palpitant, comme la guitare ne le faisait pas, cela m'effrayait car dans ces moments-là mon âme s'évanouissait et m'abandonnait à ce qui se passait. Je restai donc là sous la douche froide et glaciale et pensai à la pénitence. Faire pénitence. Remettre mon esprit d'aplomb, lui faire entendre raison, Bobbie Gotteson de nouveau dans sa tête à lui, et non éperdu et fou. J'eus une vision terrible d'une des poules à El Portal, qui courait le cou tranché, du sang giclant partout, les filles hurlaient et faisaient des bonds en arrière pour ne pas se faire asperger de sang, et j'eus l'impression d'être dans cette poule, de courir et caqueter, tout impuissant, j'ai pensé à un de mes potes de Terminal Island qui m'avait expliqué comment un gentil professeur lui enseigna un jour à vaincre son bégaiement : *en s'obligeant à bégayer exprès.*

19

DOREEN B.

Un acte de pénitence. Un acte négatif. Un acte qui annule la magie.

Allons, je ne la connaissais même pas ! Par conséquent, aucun mobile personnel. Pas de vengeance personnelle. Elle me rappelait bien un peu Irma, mais en plus petite et plus jolie, juste une secrétaire ou une dactylo, que j'ai suivie chez elle après la plage en constatant combien elle était seule, ses talons tout usés, ses cheveux délavés flétris par l'humidité ce jour-là. Je l'ai suivie jusqu'à son appartement au troisième étage d'un immeuble sans ascenseur, mais elle m'a claqué la porte au nez et pour une raison ou une autre je n'ai pas voulu frapper, je me suis dit qu'elle pouvait me regarder par le judas et, allez savoir comment, me reconnaître, alors j'ai attendu qu'il fasse nuit et j'ai escaladé la paroi de son immeuble, une brique après l'autre, très lentement, prudemment, bien qu'il n'y eût pas de clair de lune pour me guider ou éclairer la lame de la Machette, comme je l'ai prétendu dans mon poème. En fait, la Machette était enveloppée dans son tissu et glissée dans mon sac à livres, qui avait une courroie pour que je puisse le passer sur mon épaule —

Le District Attorney pose brutalement sa liasse de notes, feignant d'être à bout de patience et de s'embarquer alors dans un contre-interrogatoire impromptu et spontané, et même les spectateurs du premier rang paraissent effrayés et coupables, il est si furieux, et il crie d'une voix terrible qui se répercute contre le plafond de ce bâtiment du dix-neuvième siècle, où des ventilateurs gros comme des hélices d'avion tournent pour brasser l'air humide : « Gotteson, mais d'où est-ce que vous sortez ? Qui êtes-vous exactement ? » (Quelqu'un au fond du tribunal crie : « Du casier de la consigne, vous savez d'où il sort ! » et nous nous retournons tous pour voir de qui il s'agit, mais la police a déjà fait sortir la fille — ce doit être une des manifestantes de « Libérez tous les prisonniers » qui traînent dehors, des gens que je ne connais pas du tout, et d'après ce que j'ai cru comprendre ce sont les mêmes gosses de riches qui m'ont pourri la vie quand je mendiais de la monnaie, sérieusement et désespérément, pendant qu'ils s'amusaient à tendre leurs mains aux touristes — oh ce que je pourrais leur faire à tous, ce que je ferais sûrement si on me libérait !)

J'ai réfléchi à tout ça dans ma cellule. Je « pense » tout le temps, même quand je dors. Ou peut-être devrais-je exprimer les choses différemment — des pensées me viennent, des « pensées » me « pensent ». Parfois je suis tordu par des spasmes de pensées-ondes, qui s'emparent de moi comme, autrefois, les convulsions s'emparaient de celles que j'aimais avec mon style le plus beau et le plus méticuleux, et alors il n'y avait plus de « Bobbie Gotteson », pas plus qu'il n'y avait d'autre être humain là, l'objet de mon pouvoir-amour. Dehors, préoccupé essentiellement par ma carrière et pris dans une foule composée surtout de gens hyper speed d'âge moyen, plus quelques jeunes filles aux yeux enfoncés qui avaient vraiment l'air d'âge moyen, je n'avais pas le temps de remarquer tout ça. Je me disais que c'était *Bobbie Gotteson* qui s'occupait de penser. Maintenant, j'ai compris. Maintenant je sais que les *pensées* pensent Bobbie Gotteson ; Bobbie Gotteson est un spasme-pensée. Parfois il est plus qu'une pensée, et parfois un spasme.

Gotteson, mais d'où sortez-vous, bon sang ?

Je ne pouvais sortir de rien de normal ni de bon. Non. Parce que si je sortais de quelque chose de normal et de bon je ne serais pas le Taré que je suis. Mais si tout dans ce monde sort du monde et est normal et bon, alors je dois être normal et bon… d'une façon ou d'une autre. Quand j'étais allongé à côté de cette fille, celle à laquelle je n'aime pas penser, tous ces spasmes passaient par mon cerveau, et je voyais Bobbie Gotteson à chaque étape de sa vie… comme sur un escalier avec de vraies marches… Bobbie à l'âge de neuf ans, Bobbie à l'âge de douze, et ainsi de suite jusqu'à ce que ça me rende quasiment fou, *Bobbie à mon âge, Bobbie en moi-même !* Pouvez-vous imaginer ce que ça serait — de voir que Bobbie Gotteson a votre âge, la forme de votre corps, que son visage est le même que le vôtre, le tout fourré en vous et palpitant de vie ? Oh nom de Dieu, je préférerais presque être revenu sur ce banc avec mon pantalon mouillé et les gens qui reniflent et se moquent de moi. Je préférerais être de nouveau dans la prison pour jeunes délinquants du New Jersey où des jeunes Noirs m'ont traîné dans une cage d'escalier, m'ont écarté les jambes et m'ont sodomisé alors qu'on sortait du réfectoire. Je préférerais être là à regarder le visage laid et sanglotant de Melva et à écouter les mots qu'elle m'a crachés au visage quand elle a dû reconnaître que son Singe-Araignée avait suivi la même pente que tous ses autres amants, *encore un Blanc impuissant, un minus à la queue molle !* avait-elle hurlé. L'impression de sombrer, d'une horreur malsaine tourbillonnante noire, le plancher qui se dérobe, la terre qui s'ouvre sous vous, comme ce que j'avais ressenti quand j'ai entendu la deuxième hôtesse là-bas sur le porche enfoncer sa clé dans la serrure, oh seigneur, vite de l'inspiration !... alors j'ai dû ramper jusqu'à la porte, tellement j'étais affaibli par tout ce sang autour de moi, même si ce n'était pas le mien, j'ai dû la saisir aux chevilles et la traîner dans la pièce, avant qu'elle s'enfuie, cet incroyable, cet inexplicable sentiment, qu'aucune chanson composée par moi ne pourra jamais effacer. *Parce qu'il existe des choses qui excèdent la musique !*

Alors, non. Je ne pouvais pas sortir de quelque chose de normal, mais tout est normal, alors je suis sorti de là et je suis normal. À moins que je ne sois sorti d'aucune chose et ne sois pas vraiment là, même si je me trouve apparemment dans une cellule ordinaire (pas une cellule capitonnée puisque je suis sous sédatif) et qu'il semble que je consomme les trois repas par jour plus l'en-cas de dix heures, et après ma mort les professeurs de l'Institut médical adjacent à la prison pratiqueront certainement une autopsie sur ma personne... Je compte léguer mon cerveau au département neuropsychiatrique de l'Institut médical, et mes reins, mon foie, mon cœur et les cornées de mes yeux aux experts en greffes là-bas... et le récit de ma vie aux éditions Antioch

Paperbacks* et aux Studios Vanbrugh, libre de royalties et de droits, je m'en fiche désormais.

Mais d'où veniez-vous, Bobbie, et qui êtes-vous ?

Haine haine haine haine haine haine haine haine pitié. Pitié pitié pitié pitié pitié pitié pitié pitié haine.

La fille aux boucles rousses et vaporeuses — je sais que j'en oublie une, mais cette séance fut presque escamotée —, je l'ai haïe immédiatement, cette façon qu'elle avait de plisser les lèvres et de croiser ses chevilles minces... la haine gonflait en ballons de haine de plus en plus gros, je pouvais à peine me retenir de lui sauter dessus même avant qu'on soit seuls, et je sus que je devais la sauver de sa tenue de salope, je me mis à avoir pitié d'elle alors, nous avons pleuré tous les deux quand nous avons vu à quel point c'était sans espoir. Puis elle s'est mise à déjanter grave, peut-être une réaction hyper tardive à quelques cachets détonants qu'elle avait pris avant que je passe par là, elle a ricané et ri et s'est mise à se balancer, secouée par des spasmes de rire silencieux, *comme si elle avait déjà vécu tout ça*, et ne pouvait le prendre au sérieux. Elle m'a repoussé et a couru se réfugier dans la salle de bains grande comme un placard et elle a essayé de refermer la porte mais je l'ai ouverte d'un coup d'épaule, et elle s'est appuyée au lavabo et a pressé

* En dépit de ses pouvoirs de prédiction souvent étranges, Gotteson se trompe ici. C'est la maison d'édition Homonovus Paperbacks et non Antioch qui s'occupera des Confessions non expurgées. Fritzie Del Blanc jouera le rôle principal dans le film, produit et réalisé par Vladimir Jastsky, pour les Studios Mega World. Le film devrait sortir le 26 décembre dans les principales salles de cinéma du continent.

son front humide contre le miroir de l'armoire à pharmacie, sans pouvoir s'empêcher de rire, agitée par un hoquet nerveux. Je l'ai secouée par le bras, je l'ai prise par les épaules pour la ramener à elle. *Arrête ça ! Arrête ça !* Mais c'était comme cette autre fois quand la fille avait flippé grave avec moi et m'avait presque arraché l'oreille gauche avec ses dents de bébé, rien ne peut les calmer, rien sauf le temps, et Bobbie n'avait pas le temps d'attendre. Alors je n'ai pas attendu. *Qu'est-ce que — qu'est-ce que tu es ? — qu'est-ce que tu fais ?* a-t-elle ricané quand j'ai commencé, mais elle n'arrivait toujours pas à garder son sérieux, même ma pitié ne pouvait lui rendre son sérieux, même mourir ne l'a pas rendue sérieuse, ce n'était que des hurlements de rire irraisonnés comme quand une grosse crie quand quelqu'un la chatouille même si cette fille était maigrichonne et —

Puis je suis sorti de l'immeuble en courant. J'ai dévalé les marches principales bien qu'il y eût un escalier de secours derrière. Je suis sorti par la porte d'entrée. J'ai couru, glissé, le souffle court, sans me soucier de qui me voyait, je devais à tout prix fuir loin de ses hurlements de rire. *Elles sont même pas foutues de crever sérieusement !* disait Danny Minx en plaisantant. Je me souviens de toutes les blagues et de toutes les pitreries à El Portal, même quand je leur demandais de la fermer pour qu'ils puissent entendre mes ballades sérieuses, mais non, non, ils voulaient juste rire, le mécanisme s'emballait et ça ne s'arrêtait que quand ils s'évanouissaient. Ma mère, ma mère originale, ne riait de rien. Je le sais. Quand je suis né, ils l'ont recousue avec du fil noir bon marché et écru et il n'y a là rien de drôle. J'ai appris à faire le clown et à divertir, oui, mais je n'ai jamais beaucoup ri de mes propres blagues, et je voyais bien que

Mr. Vanbrugh était un type sérieux — lui seul dans le public ne s'esclaffa pas quand je tombai à la renverse et manquai me briser la colonne vertébrale — c'était un gentleman — pendant mon sommeil lourd de sédatifs je rêve de lui chaque nuit, il arrive à mon procès et s'avance pour témoigner — même s'ils disaient qu'il n'avait jamais mis les pieds dans un tribunal de sa vie, n'avait jamais reçu une assignation à comparaître et n'en recevrait jamais — *Qu'est-ce que tu es ? Qu'est-ce que tu fais ?* — ne sont pas des questions que poserait Mr. Vanbrugh.

tandis que le petit bateau de pêche flotte dans le port
le ventre en l'air et inoffensif
ainsi flottent des parties de nos cerveaux
dans les parties d'autres cerveaux
et personne n'est responsable
de cet unique et immense triomphe
dans lequel nous flottons tous
ventre en l'air
et inoffensifs

ÉVASION EN PLEIN JOUR
Les passants ne font rien
pour arrêter le tueur en fuite

LE REMÈDE CONTRE LE BÉGAIEMENT

— et pour n'importe quelle autre obsession —

LE TARÉ FRAPPE ENCORE
Et encore

— et encore, mais jamais avec cette audacieuse et imprudente fuite par la porte principale dans une avenue animée, tous mes disciples courant et haletant à mes côtés, me rentrant dedans, Gotteson-enfant heurtant une Noire furieuse et surprise, le Gotteson de l'an dernier (dans ses chaussures à talons compensés de sept centimètres et la chemise brodée et bien ajustée venue de Tanger que quelqu'un lui avait donnée) essoufflé après la première minute frénétique, une main appuyée sur le côté, gémissant de terreur. Mais moi, Gotteson-qui-est-maintenant, je ne perdis pas la tête et courus dans une ruelle, escaladai une palissade, sautai de l'autre côté, et courus dans une autre ruelle tel un suspect en fuite dans un film ou dans une des publicités de Sunset Boulevard pour un film projeté en couleurs sur un écran gigantesque — le suspect en fuite qui vous tourne le dos, une arme braquée sur sa tête à travers la lunette de visée. Aucune lunette de visée n'était braquée sur moi. *Les passants ne font rien pour arrêter le tueur en fuite*, disait le journal sur un ton furieux.

LES TÉMOIGNAGES DIVERGENT
Description du tueur incertaine

Je me suis retrouvé à Hermosa Beach. J'avais un peu d'argent : il y avait le portefeuille d'une femme dans ma poche arrière. Je suis allé dans un Taco-Burger et je me suis assis seul dans un box et j'ai commencé à me concentrer sur le texte devant mes yeux, quelqu'un avait laissé le *Los Angeles Times*, et j'ai essayé d'empêcher les lignes de texte de trembler, mais sans résultat pendant un temps. J'ai commandé un double TacoBurger avec des frites en sus et un Coke, mais je n'avais aucun appétit pour ça, et j'ai demandé à la serveuse petite fille s'ils vendaient des barres de chocolat, mais elle a dit non, elle a paru surprise et a dit non. Elle me regardait de derrière le comptoir, elle tenait quelque chose contre sa poitrine — ce devait être un grand menu — et nous avons été les deux seules personnes dans le restaurant pendant un long moment, peut-être vingt minutes, et de temps en temps je lui jetai un coup d'œil et elle était toujours là ! — à me regarder dans les yeux, une jeune de seize ans au visage foncé, peut-être une mulâtre, et je ne touche jamais qu'aux Blanches, un goût que je partage avec Danny Minx. Elle avait des lèvres épaisses couleur de vin. Elle me fixait et me *reconnaissait* et l'air entre nous palpitait de cris brefs et aigus que je ne pouvais pas interpréter, et quand j'ai regardé le journal les lignes dansaient pour me railler — *illettré*, entendis-je un jour quelqu'un dire de moi, mais c'est un mensonge. Je ne suis pas illettré. Je sais lire parfaitement, tant qu'on ne me dévisage pas, tant qu'on ne se moque pas de moi. Dans le TacoBurger, il m'a semblé lire un article sur un fou en cavale, les mots bondissaient çà et là, frissonnaient, scintillaient, puis redevenaient nets et parlaient d'un jeune homme inconnu, un adolescent, que certains prenaient pour un Noir, d'autres pour un Mexicain, ou un Espagnol, un Italien, quelqu'un du coin, mais au nom qui n'était pas familier, aussi y avait-il désaccord et les policiers étaient-ils « déconcertés ». Un type jura à la police que le « jeune homme » n'était pas du tout un homme mais une jeune fille baraquée, habillée en homme. *Elle courait comme une fille*, a-t-il prétendu.

J'encaissai la remarque sans trop de mal, les yeux égarés. Mais ma vue déclinait. La fille s'approcha de moi sans bruit et je la sentis juste derrière moi, derrière la banquette où j'étais assis. Elle me demanda quelque chose. Je n'arrivais pas à me tourner. « … ne va pas ? » murmura-t-elle.

20

LA RÉDEMPTION DU RATÉ GOTTESON

Elle a mis longtemps à mourir.

Pas d'audacieuse escalade sur la paroi d'un immeuble, pas de Singe-Araignée éclairé par le clair de lune et les caméras… pas même le moindre disciple, qui bondissait hors de ma tête mais avait le tournis et s'estompait et échouait et s'enfonçait comme à travers le plancher de cette baraque. Je nous enveloppais dans le cocon. Nous n'étions que deux.

Jump shots, exploits athlétiques de la caméra, arrêts sur image, non, rien de tout ça, juste un cocon pour tous les deux, car même ma machette était perdue — tombée dans la cage d'escalier de cet autre immeuble — et j'ai dû utiliser une paire de ciseaux que j'avais piquée, quand nous avons su tous les deux que tout était fichu. Hormis le film ou les films que l'Accusation a acquis et fera projeter, tout le reste est perdu pour le public, et les autres films sont sur le marché noir, ils sont livrés par messager, et Bobbie Gotteson circule underground sans toucher de royalties ni figurer au générique ni connaître la reconnaissance publique jusqu'au jour où quelqu'un, un soir, poussera un cri de dégoût et brûlera le film coûteux pendant que tout le monde proteste, *c'est une pièce de* *collection !* et alors tout sera bel et bien perdu. Parce que j'ai fini par me dire, j'ai fini par savoir, que le *screen test* que m'a fait faire Vlad J. au Studio à Hollywood n'était pas un vrai bout d'essai, il n'y avait pas de pellicule, juste une ruse pour calmer Bobbie. Bobbie avait besoin de se calmer, alors. Bobbie avait besoin d'un faux bout d'essai pour que tout le monde puisse quitter la ville*.

Elle n'a pas opposé de résistance. Ce fut un soupir, une étreinte sans surprise, un hurlement brisé. Je vins vers elle pendant que son dos était tourné. Pas de cris, pas de ricanements. Elle portait un jupon blanc. J'ai pensé aux jeunes filles ingénues vêtues de blanc, dans les films, dont s'emparent Frankenstein ou de grands singes et qu'ils brandissent en l'air, que prennent parfois dans leur mâchoire des monstres à écailles, un hurlement mélodique mais pas de lutte sérieuse.

Je l'ai poussée jusqu'au lit. Je n'étais pas en colère. Je ne la détestais pas. Elle a mis longtemps à mourir et je ne savais pas quoi faire, j'avais laissé tomber les ciseaux et ne voulais pas les chercher par terre à quatre pattes, j'étais très fatigué, les signaux qui me parvenaient étaient faibles, s'estompaient. Personne ne cria dans cette pièce. C'était une pièce au fond d'une cabane. Mon rythme cardiaque ralentit. La sueur commença à sécher sur moi, partout sur moi, et je la sentis former comme une croûte — séchant lentement. Je n'avais encore jamais remarqué ça. Je la portai jusqu'au lit, la déposai et décidai de m'allonger à côté d'elle, juste un moment, pour me calmer à nouveau.

---

* Il faut préciser que les Studios Vanbrugh nient l'existence d'un *screen test*, réel ou non.

Y avait-il un espace entre vous, Bobbie ?

Je lui ai donné le seul oreiller du lit et me suis allongé la tête à plat, je suis resté ainsi sans penser ni me poser de questions, juste la sueur qui séchait sur moi, et s'il y avait la moindre douleur là-dedans, dans tout ce sang répandu, je ne l'ai pas sentie passer par elle, elle gisait sur le dos et n'émettait qu'un faible gémissement, un *oh… oh… oh*. Mon rythme cardiaque ralentit. Il se régla sur le sien. Mon pouls déclina avec le sien. À part le sang, ça n'avait aucun rapport avec le corps. Je suis resté allongé près d'elle et j'ai tourné la tête pour la regarder, elle ne disait rien mais semblait effrayée, et je lui ai demandé si elle ressentait de la douleur… Mais elle n'a pas répondu. « Est-ce que tu ressens de la douleur ? » ai-je demandé. « Comment est-ce ? » ai-je demandé.

Elle avait plus de seize ans. On a dit plus tard qu'elle avait vingt-quatre ans. Elle était frêle d'ossature, plus petite que Bobbie. La peau foncée. Les cheveux foncés. Ses yeux étaient à demi fermés mais je voyais qu'ils étaient foncés, sans doute marron foncé, comme les miens. « Comment tu t'appelles ? » ai-je murmuré. Elle n'a pas répondu. J'entendais sa respiration — de petits halètements secs —, mais tous deux nous ralentissions, ralentissions, les signaux qui nous reliaient s'estompaient. Je me suis redressé sur un coude tremblant pour la regarder. Ses paupières, ses narines… ses lèvres écartées… et entre nous la tache noire et trempée de sang, peut-être que c'était le mien, toute ma colère s'épanchait hors de moi, s'estompait, trempait le matelas, s'écoulait lentement battement de cœur après battement de cœur, impuissante, touchant à son terme un soir de semaine ordinaire, personne pour regarder, personne pour filmer, tout qui touchait à sa fin. Perdu.

J'ai essayé de rester furieux contre elle. Mais. Mais ça n'a pas duré. Je ne me rappelais pas ce que je faisais là. Je détestais quelqu'un, mais qui… ? Je ne détestais personne. Je les détestais et ensuite je les plaignais, mais maintenant je ne me rappelais plus ce que c'était — *haine* — et ce qu'était cette autre chose — *pitié*. J'ai commencé à avoir peur. J'ai dit : « Pourquoi es-tu là… ? Que s'est-il passé ? Que… que nous est-il arrivé ? » Elle a paru m'entendre, elle a tourné les yeux vers moi. J'ai vu ses yeux remuer derrière ses paupières sombres… Elle a gémi. Elle essayait de parler. Je lui ai dit avec impatience : « Quoi, qu'est-ce que tu as dit… ? » mais je n'osais pas la toucher, je ne voulais pas lui faire de mal. « Chérie, je ne connais pas ton nom ! Je ne connais même pas ton nom ! » ai-je dit. Je sentais un battement de cœur palpiter entre nous mais il n'était pas très fort. Oh bon sang, qu'est-ce qui se passe… ? Qu'est-ce qui nous arrive… ? Je lui demandai quel effet ça faisait, ce qu'elle ressentait… Je lui demandai ce qui se passait. Ses paupières battirent. Je vis ses narines s'élargir. Elle dit quelque chose, je ne savais pas si c'était à mon intention. J'ai paniqué, j'ai eu peur qu'elle meure avant de pouvoir s'expliquer, et j'ai crié si fort que ça a dû l'effrayer. « Non ! Ne me quitte pas ! Attends ! Attends — arrête — attends — » Mais je la sentais qui s'éloignait. Je sentais son pouls décroître. Si je n'avais pas eu aussi peur d'elle, j'aurais pris sa tête pour maintenir ses paupières ouvertes, je les aurais maintenues ouvertes avec mes pouces, *maintenues ouvertes*, mais je ne pouvais pas la toucher, je la regardai fixement et me mis à pleurer, je dis : Quoi, c'est comment, c'est comment… ? Qu'est-ce que tu vois… ? Qui est là, y a-t-il quelqu'un là-bas avec toi, attends, oh bon sang je t'en prie attends, ne me laisse pas… ne me quitte pas… « Ne meurs pas encore, attends, ne meurs pas », hurlai-je, suppliai-je, je me suis levé et penché sur elle, en me tordant les mains comme quelqu'un dans un film, même l'odeur du sang et la literie trempée, humide, ne me dégoûtaient pas, je l'ai suppliée de me regarder, de me dire son nom, d'expliquer tout ça…

« Pourquoi m'as-tu laissé revenir ici avec toi, pourquoi m'as-tu amené ici, si tu vas mourir ? Si tu vas perdre ton sang et mourir ? » ai-je crié. Mais elle a secoué la tête sur l'oreiller, ses mains ont remué d'elles-mêmes, pas une lutte, pas pour me griffer, elle a murmuré quelque chose que je n'ai pu entendre mais j'étais terrifié à l'idée de m'approcher d'elle. « Attends — arrête — qu'est-ce que tu vois ? Qu'y a-t-il là-bas ? Où est-ce que tu vas ? dis-je.

— Je… »

Je me suis penché. Elle a dit : « Je… je… je peux…

— Quoi ?

— Je peux voir dedans…

— Quoi ? Quoi ? Quoi ? Quoi ? Attends — »

Mais elle n'a pas répondu. Je suis resté penché au-dessus d'elle, à regarder fixement son visage. Il s'éloignait de moi… je le voyais changer. Impuissant, je ne pouvais que murmurer, je l'ai suppliée de ne pas me quitter mais à voix basse, et elle s'en est allée, elle est passée dans ce qu'elle regardait et s'y est enfoncée et a disparu et moi, je suis resté là, paniqué, Gotteson seul et transpirant et piégé dans son corps, poussant de longs et laids et mélodramatiques sanglots rauques à la Melva parce qu'il est Gotteson le Singe-Araignée et personne d'autre n'est Gotteson et Gotteson ne peut pas renaître en quelqu'un d'autre, Gotteson est Gotteson est Gotteson à jamais. Dans sa cellule, au tribunal, dans une chambre à gaz, dans une morgue, le long de la plage, se rinçant la bouche avec de l'eau à un robinet rouillé ou grattant sur sa vieille guitare, Gotteson éveillé, Gotteson endormi, Gotteson dans son essence ou Gotteson surpris dans une humeur inhabituelle, Gotteson En Dedans, Gotteson Dehors, Gotteson escaladant le mur ou retombant en bas, applaudi ou moqué, s'élevant là-haut avec des capsules vertes ou plaqué au sol par les forces de la gravité naturelle, tout est un seul Gotteson Gotteson Gotteson, incatalogable. Et voilà.

J'ai hurlé. Je lui ai hurlé : « Pourquoi ? »

J'ai couru dans la rue. Des palmiers le long des trottoirs, dépenaillés et étiques, une odeur citadine dans l'air du soir, et j'ai couru en trébuchant et en criant : « Où est-elle — l'ambulance ? Pourquoi est-elle si lente ? Pourquoi personne n'a appelé la police ? Où êtes-vous tous ? » J'ai couru dans la rue. Une voiture qui roulait à environ quinze kilomètres à l'heure a manqué me rouler sur le pied et j'ai donné un coup sur le capot, et le conducteur m'a regardé avec stupeur pendant que je lui criais après : « Va chercher l'ambulance ! Où vous cachez-vous tous ? Il n'est pas trop tard, aidez-moi ! Salauds ! Salauds ! Où vous cachez-vous tous — ? »

DU MÊME AUTEUR

Corps
Stock, 1973

Le Pays des merveilles
Stock, 1975
et « Le Livre de poche », n° 3070

Désirs exaucés/Démons/L'Agresseur
Aubier-Flammarion, 1976

Haute Enfance
Stock, 1979
et « Le Livre de poche », n° 3266

Mariages et Infidélités
Stock, 1980

Eux
Stock, 1980, 1986, 2007
et « Points Signatures », n° P2023

Amours profanes
Stock, 1982
et « Le Livre de poche », n° 3249

Une éducation sentimentale
Stock, 1983

La Légende de Bloodsmoor
Stock, 1985 et 2011

L'homme que les femmes adoraient
Stock, 1986

Le Mystère Winterthurn
Stock, 1987

De la boxe
Stock, 1988

Marya
Stock, 1988

Aile de corbeau
Stock, 1989

Souvenez-vous de ces années-là
Stock, 1990

Solstice
Stock, 1991, 1997
et « Le Livre de poche », n° 3350

Cette saveur amère de l'amour
Stock, 1992

Un amour noir
Éditions du Félin, 1993
et « Folio », n° 3212

Reflets en eau trouble
Écriture, 1993
et Actes Sud, « Babel », n° 472

Le Rendez-vous
Stock, 1993

Au commencement était la vie
Éditions du Félin, 1994
et « Folio », n° 3211

Le Goût de l'Amérique
Stock, 1994

Confessions d'un gang de filles
Stock, 1995, 1999, 2008
et « Le Livre de poche », n° 3293

Corky
Stock, 1996

En cas de meurtre

Actes Sud-Papiers, 1996

Zombi

Stock, 1997, 2011
et « Le Livre de poche », n° 3313

Nous étions les Mulvaney

Stock, 1998, 2000, 2009
et « Le Livre de poche », n° 32103

Premier Amour

Actes Sud, 1998

Man crazy

Stock, 1999
et « Le Livre de poche », n° 3395

Blonde

Stock, 2000 et 2010
et « Le Livre de poche », n° 15285

Mon cœur mis à nu

Stock, 2001
et « Le Livre de poche », n° 15536

Je me tiens devant toi nue

Éditions du Laquet, 2001

Johnny blues

Stock, 2002
et « Le Livre de poche », n° 30102

Nulle et Grande Gueule

Gallimard Jeunesse, 2002
et « Folio », n° 4059

Délicieuses Pourritures

Philippe Rey, 2003
et « J'ai lu », n° 7746

Infidèle
Histoires de transgressions
Stock, 2003
et « Le Livre de poche », n° 30424

Le Ravin
L'Archipel, 2003
et « J'ai lu », n° 7853

Hudson River
Stock, 2004
et « Le Livre de poche », n° 30573

Je vous emmène
Stock, 2004
et « Le Livre de poche », n° 30676

La Foi d'un écrivain
Philippe Rey, 2004

Zarbie les yeux verts
Gallimard Jeunesse, 2005

Hantises
Histoires grotesques
Stock, 2005
et « Le Livre de poche », n° 30742

Les Chutes
prix Femina étranger 2005
Philippe Rey, 2005
« Points », n° P1519
et Point Deux, 2011

Viol
Une histoire d'amour
Philippe Rey, 2006
et « Points », n° P1780

La Fille tatouée
Stock, 2006
et « Le Livre de poche », n° 31117

Vous ne me connaissez pas

Philippe Rey, 2006
et « Points », nº P2194

Sexy

Gallimard Jeunesse, 2007
et « Folio », nº 4908

Mère disparue

Philippe Rey, 2007
et « Points », nº P2024

Les Femelles

Philippe Rey, 2007
et « Points », nº P2313

La Fille du fossoyeur

Philippe Rey, 2008
et « Points Signatures », nº P2487

Dis-moi que tu me pardonnes

Éditions Des Femmes, 2009

Journal 1973-1982

Philippe Rey, 2009

Vallée de la mort

Philippe Rey, 2009
et « Points », nº P2488

Fille noire, fille blanche

Philippe Rey, 2009
et « Points », nº P2587

Le Sourire de l'ange

Archipoche, nº 121, 2010

Bellefleur

Stock, 2010

Un endroit où se cacher

Albin Michel Jeunesse, 2010

Petite sœur, mon amour
L'histoire intime de Skyler Rampike
Philippe Rey, 2010
et « Points », nº P2714

Œil-de-serpent
Archipoche, nº 157, 2011

La Légende de Bloodsmoor
Stock, 2011

Folles Nuits
Philippe Rey, 2011

J'ai réussi à rester en vie
Philippe Rey, 2011

IMPRESSION : CPI BRODARD ET TAUPIN À LA FLÈCHE
DÉPÔT LÉGAL : FÉVRIER 2012. N° 102828 (66683)
IMPRIMÉ EN FRANCE

Éditions Points

DERNIERS TITRES PARUS

P2570. Les Variations Bradshaw, *Rachel Cusk*
P2571. Bakou, derniers jours, *Olivier Rolin*
P2572. Bouche bée, tout ouïe… ou comment tomber amoureux des langues, *Alex Taylor*
P2573. La grammaire, c'est pas de la tarte ! *Olivier Houdart, Sylvie Prioul*
P2574. La Bande à Gabin, *Philippe Durant*
P2575. « Le vote ou le fusil », *suivi de* « Nous formons un seul et même pays », *Malcolm X, John Fitzgerald Kennedy*
P2576. « Vive la Commune ! », *suivi de* « La Commune est proclamée » et de « La guerre civile en France » *Louise Michel, Jules Vallès, Karl Marx*
P2577. « Je vous ai compris ! », *suivi de* « L'Algérie n'est pas la France » et de « Le droit à l'insoumission » *Charles de Gaulle, Gouvernement provisoire algérien, Manifeste des 121*
P2578. « Une Europe pour la paix », *suivi de* « Nous disons NON » et de « Une communauté passionnée » *Robert Schuman, Jacques Chirac, Stefan Zweig*
P2579. 13 heures, *Deon Meyer*
P2580. Angle obscur, *Reed Farrel Coleman*
P2581. Le Tailleur gris, *Andrea Camilleri*
P2582. La Vie sexuelle d'un Américain sans reproche *Jed Mercurio*
P2583. Une histoire familiale de la peur, *Agata Tuszyńska*
P2584. Le Blues des Grands Lacs, *Joseph Coulson*
P2585. Le Tueur intime, *Claire Favan*
P2586. Comme personne, *Hugo Hamilton*
P2587. Fille noire, fille blanche, *Joyce Carol Oates*
P2588. Les Nouvelles Brèves de comptoir, tome 2 *Jean-Marie Gourio*
P2589. Dix petits démons chinois, *Frédéric Lenormand*
P2590. L'ombre de ce que nous avons été, *Luis Sepúlveda*

P2591. Sévère, *Régis Jauffret*
P2592. La Joyeuse Complainte de l'idiot, *Michel Layaz*
P2593. Origine, *Diana Abu-Jaber*
P2594. La Face B, *Akhenaton*
P2595. Paquebot, *Hervé Hamon*
P2596. L'Agfa Box, *Günter Grass*
P2597. La Ville insoumise, *Jon Fasman*
P2598. Je résiste aux personnalités toxiques (et autres casse-pieds), *Christophe André & Muzo*
P2599. Le soleil me trace la route. Conversations avec Tiffy Morgue et Jean-Yves Gaillac, *Sandrine Bonnaire*
P2600. Mort de Bunny Munro, *Nick Cave*
P2601. La Reine et moi, *Sue Townsend*
P2602. Orages ordinaires, *William Boyd*
P2603. Guide farfelu mais nécessaire de conversation anglaise *Jean-Loup Chiflet*
P2604. Nuit et Jour, *Virginia Woolf*
P2605. Trois hommes dans un bateau (sans oublier le chien !) *Jerome K. Jerome*
P2606. Ode au vent d'Ouest. Adonaïs et autres poèmes *Percy Bysshe Shelley*
P2607. Les Courants fourbes du lac Tai, *Qiu Xiaolong*
P2608. Le Poisson mouillé, *Volker Kutscher*
P2609. Faux et usage de faux, *Elvin Post*
P2610. L'Angoisse de la première phrase, *Bernard Quiriny*
P2611. Absolument dé-bor-dée !, *Zoe Shepard*
P2612. Meurtre et Obsession, *Jonathan Kellerman*
P2613. Sahara, *Luis Leante*
P2614. La Passerelle, *Lorrie Moore*
P2615. Le Territoire des barbares, *Rosa Montero*
P2616. Petits Meurtres entre camarades. Enquête secrète au cœur du PS, *David Revault d'Allonnes*
P2617. Une année avec mon père, *Geneviève Brisac*
P2618. La Traversée des fleuves. Autobiographie *Georges-Arthur Goldschmidt*
P2619. L'Histoire très ordinaire de Rachel Dupree *Ann Weisgarber*
P2620. À la queue leu leu. Origines d'une ribambelle d'expressions populaires, *Gilles Guilleron*
P2621. Poèmes anglais, *Fernando Pessoa*
P2622. Danse avec le siècle, *Stéphane Hessel*
P2623. L'Épouvantail, *Michael Connelly*
P2624. London Boulevard, *Ken Bruen*
P2625. Pourquoi moi ?, *Omar Raddad*
P2626. Mes étoiles noires, *Lilian Thuram*
P2627. La Ronde des innocents, *Valentin Musso*

P2628. Ô ma mémoire. La poésie, ma nécessité, *Stéphane Hessel*
P2629. Une vie à brûler, *James Salter*
P2630. Léger, humain, pardonnable, *Martin Provost*
P2631. Lune captive dans un œil mort, *Pascal Garnier*
P2632. Hypothermie, *Arnaldur Indridason*
P2633. La Nuit de Tomahawk, *Michael Koryta*
P2634. Les Raisons du doute, *Gianrico Carofiglio*
P2635. Les Hommes-couleurs, *Cloé Korman*
P2636. Le Cuisinier, *Martin Suter*
P2637. N'exagérons rien !, *David Sedaris*
P2638. Château-l'Arnaque, *Peter Mayle*
P2639. Le Roman de Bergen. 1900 L'aube, tome I
Gunnar Staalesen
P2640. Aurora, Kentucky, *Carolyn D. Wall*
P2641. Blanc sur noir, *Kriss Nelscott*
P2642. Via Vaticana, *Igal Shamir*
P2643. Le Ruban rouge, *Carmen Posadas*
P2644. My First Sony, *Benny Barbash*
P2645. « On m'a demandé de vous virer », *Stéphane Guillon*
P2646. Les Rillettes de Proust. Ou 50 conseils pour devenir écrivain, *Thierry Maugenest*
P2647. 200 expressions inventées en famille, *Cookie Allez*
P2648. Au plaisir des mots, *Claude Duneton*
P2649. La Lune et moi. Les meilleures chroniques, Haïkus d'aujourd'hui
P2650. Le marchand de sable va passer, *Andrew Pyper*
P2651. Lutte et aime, là où tu es !, *Guy Gilbert*
P2652. Le Sari rose, *Javier Moro*
P2653. Le Roman de Bergen. 1900 L'aube, tome II
Gunnar Staalesen
P2654. Jaune de Naples, *Jean-Paul Desprat*
P2655. Mère Russie, *Robert Littell*
P2656. Qui a tué Arlozoroff ?, *Tobie Nathan*
P2657. Les Enfants de Las Vegas, *Charles Bock*
P2658. Le Prédateur, *C.J. Box*
P2659. Keller en cavale, *Lawrence Block*
P2660. Les Murmures des morts, *Simon Beckett*
P2661. Les Veuves d'Eastwick, *John Updike*
P2662. L'Incertain, *Virginie Ollagnier*
P2663. La Banque. Comment Goldman Sachs dirige le monde
Marc Roche
P2664. La Plus Belle Histoire de la liberté, *collectif*
P2665. Le Cœur régulier, *Olivier Adam*
P2666. Le Jour du Roi, *Abdellah Taïa*
P2667. L'Été de la vie, *J.M. Coetzee*
P2668. Tâche de ne pas devenir folle, *Vanessa Schneider*

P2669. Le Cerveau de mon père, *Jonathan Franzen*
P2670. Le Chantier, *Mo Yan*
P2671. La Fille de son père, *Anne Berest*
P2672. Au pays des hommes, *Hisham Matar*
P2673. Le Livre de Dave, *Will Self*
P2674. Le Testament d'Olympe, *Chantal Thomas*
P2675. Antoine et Isabelle, *Vincent Borel*
P2676. Le Crépuscule des superhéros, *Deborah Eisenberg*
P2677. Le Mercredi des Cendres, *Percy Kemp*
P2678. Journal. 1955-1962, *Mouloud Feraoun*
P2679. Le Quai de Ouistreham, *Florence Aubenas*
P2680. Hiver, *Mons Kallentoft*
P2681. Habillé pour tuer, *Jonathan Kellerman*
P2682. Un festin de hyènes, *Michael Stanley*
P2683. Vice caché, *Thomas Pynchon*
P2684. Traverses, *Jean Rolin*
P2685. Le Baiser de la pieuvre, *Patrick Grainville*
P2686. Dans la nuit brune, *Agnès Desarthe*
P2687. Une soirée au Caire, *Robert Solé*
P2688. Les Oreilles du loup, *Antonio Ungar*
P2689. L'Homme de compagnie, *Jonathan Ames*
P2690. Le Dico de la contrepèterie.
Des milliers de contrepèteries pour s'entraîner et s'amuser
Joël Martin
P2691. L'Art du mot juste.
275 propositions pour enrichir son vocabulaire
Valérie Mandera
P2692. Guide de survie d'un juge en Chine
Frédéric Lenormand
P2693. Doublez votre mémoire. Journal graphique
Philippe Katerine
P2694. Comme un oiseau dans la tête.
Poèmes choisis, *René Guy Cadou*
P2696. La Dernière Frontière, *Philip Le Roy*
P2697. Country blues, *Claude Bathany*
P2698. Le Vrai Monde, *Natsuo Kirino*
P2699. L'Art et la manière d'aborder son chef de service pour lui demander une augmentation, *Georges Perec*
P2700. Dessins refusés par le *New Yorker*, *Matthew Diffee*
P2701. Life, *Keith Richards*
P2702. John Lennon, une vie, *Philip Norman*
P2703. Le Dernier Paradis de Manolo, *Alan Warner*
P2704. L'Or du Maniéma, *Jean Ziegler*
P2705. Le Cosmonaute, *Philippe Jaenada*
P2706. Donne-moi tes yeux, *Torsten Pettersson*
P2707. Premiers Romans, *Katherine Pancol*

P2708. Off. Ce que Nicolas Sarkozy n'aurait jamais dû nous dire *Nicolas Domenach, Maurice Szafran*
P2709. Le Meurtrier de l'Avent, *Thomas Kastura*
P2710. Le Club, *Leonard Michaels*
P2711. Le Vérificateur, *Donald Antrim*
P2712. Mon patient Sigmund Freud, *Tobie Nathan*
P2713. Trois explications du monde, *Tom Keve*
P2714. Petite sœur, mon amour, *Joyce Carol Oates*
P2715. Shim Chong, fille vendue, *Hwang Sok Yong*
P2716. La Princesse effacée, *Alexandra de Broca*
P2717. Un nommé Peter Karras, *George P. Pelecanos*
P2718. Haine, *Anne Holt*
P2719. Les jours s'en vont comme des chevaux sauvages dans les collines, *Charles Bukowski*
P2720. Ma grand-mère avait les mêmes. Les dessous affriolants des petites phrases *Philippe Delerm*
P2721. Mots en toc et formules en tic. Petites maladies du parler d'aujourd'hui, *Frédéric Pommier*
P2722. Les 100 plus belles récitations de notre enfance
P2723. Chansons. L'Intégrale, *Charles Aznavour*
P2724. Vie et opinions de Maf le chien et de son amie Marilyn Monroe, *Andrew O'Hagan*
P2725. Sois près de moi, *Andrew O'Hagan*
P2726. Le Septième Fils, *Arni Thorarinsson*
P2727. La Bête de miséricorde, *Fredric Brown*
P2728. Le Cul des anges, *Benjamin Legrand*
P2729. Cent seize Chinois et quelque, *Thomas Heams-Ogus*
P2730. Conversations avec moi-même. Lettres de prison, notes et carnets intimes *Nelson Mandela*
P2731. L'Inspecteur Ali et la CIA, *Driss Chraïbi*
P2732. Ce délicieux Dexter, *Jeff Lindsay*
P2733. Cinq femmes et demie, *Francisco González Ledesma*
P2734. Ils sont devenus français, *Doan Bui, Isabelle Monnin*
P2735. D'une Allemagne à l'autre. Journal de l'année 1990 *Günter Grass*
P2736. Le Château, *Franz Kafka*
P2737. La Jeunesse mélancolique et très désabusée d'Adolf Hitler *Michel Folco*
P2738. L'Enfant des livres, *François Foll*
P2739. Karitas, l'esquisse d'un rêve, *Kristín Marja Baldursdóttir*
P2740. Un espion d'hier et de demain, *Robert Littell*
P2741. L'Homme inquiet, *Henning Mankell*
P2742. La Petite Fille de ses rêves, *Donna Leon*
P2743. La Théorie du panda, *Pascal Garnier*

P2744. La Nuit sauvage, *Terri Jentz*
P2745. Les Lieux infidèles, *Tana French*
P2746. Vampires, *Thierry Jonquet*
P2747. Eva Moreno, *Håkan Nesser*
P2748. La 7e victime, *Alexandra Marinina*
P2749. Mauvais fils, *George P. Pelecanos*
P2750. L'espoir fait vivre, *Lee Child*
P2751. La Femme congelée, *Jon Michelet*
P2752. Mortelles Voyelles, *Gilles Schlesser*
P2753. Brunetti passe à table. Recettes et récits
Roberta Pianaro et Donna Leon
P2754. Les Leçons du Mal, *Thomas Cook*
P2755. Joseph sous la pluie. Roman, poèmes, dessins
Mano Solo
P2757. Ouvrière, *Franck Magloire*
P2758. Moi aussi un jour, j'irai loin, *Dominique Fabre*
P2759. Cartographie des nuages, *David Mitchell*
P2760. Papa et maman sont morts, *Gilles Paris*
P2761. Caravansérail, *Charif Majdalani*
P2762. Les Confessions de Constanze Mozart
Isabelle Duquesnoy
P2763. Esther Mésopotamie, *Catherine Lépront*
P2764. L'École des absents, *Patrick Besson*
P2765. Le Livre des brèves amours éternelles
Andreï Makine
P2766. Un long silence, *Mikal Gilmore*
P2767. Les Jardins de Kensington, *Rodrigo Fresán*
P2768. Samba pour la France, *Delphine Coulin*
P2769. Danbé, *Aya Cissoko et Marie Desplechin*
P2770. Wiera Gran, l'accusée, *Agata Tuszyńska*
P2771. Qui a tué l'écologie ?, *Fabrice Nicolino*
P2772. Rosa Candida, *Audur Ava Olafsdóttir*
P2773. Otage, *Elie Wiesel*
P2774. Absurdistan, *Gary Shteyngart*
P2775. La Geste des Sanada, *Yasushi Inoué*
P2776. En censurant un roman d'amour iranien
Shahriar Mandanipour
P2777. Un café sur la Lune, *Jean-Marie Gourio*
P2778. Caïn, *José Saramago*
P2779. Le Triomphe du singe-araignée, *Joyce Carol Oates*
P2780. Faut-il manger les animaux ?, *Jonathan Safran Foer*
P2781. Les Enfants du nouveau monde, *Assia Djebar*
P2782. L'Opium et le Bâton, *Mouloud Mammeri*
P2783. Cahiers de poèmes, *Emily Brontë*
P2784. Quand la nuit se brise. Anthologie de poésie algérienne
P2785. Tibère et Marjorie, *Régis Jauffret*